U0134392

# 衛城道 6 號

# 推薦序 - 李敏

　　十年前，我認識了凌梓維，我們一起主持香港電台的晚間電台節目《敏感時刻》。當時，他擔當節目中的「反應彈」，我叮囑他要好好從聽眾的角度出發，反映出觀眾心中的反應，這樣可以讓他們感到參與其中的樂趣。凌梓維擔當「反應彈」的表現十分稱職，他也從而學會了解觀眾的感受。

　　相處日子久了，我發現凌梓維有一個「怪癖」，他喜歡在我發言的時候搶先代我發言，這已經不單純是「反應」，而是他反覆觀察我跟人溝通的習慣而悟出的「代言人」技能，當然他也用了在「搗蛋」之上。

　　十年過去了，《敏感時刻》也完成了它的廣播使命，當年各個的主持拍檔都各奔前程；而增加了閱歷的凌梓維也把他的觀察力使用在適當的地方，透過他喜愛和擅長的方式把「想說的故事」化成廣播劇和小說，並與讀者們分享。看到凌梓維的成長蛻變，實在令人欣慰。

　　梓維，如果你覺得完成一本書不是太辛苦的話，那希望你把持着心中那團創作的火，讓我在下一個十年能繼續為你欣慰。

# 作者序 - 身不由己夫

　　有必要澄清一下，其實身不由己夫不是「一個人」，而是一個「聚合體」。簡單來說沒有「身不由己夫」這個代號，我們就是他婚禮上「到你哋上嚟影相喇，新郎哥嘅朋友」。對，還是需要一個「有氣勢」的稱號。

　　都是相識超過二十年的舊友，事業上我們和凌梓維走在截然不同的方向，卻與大部份香港人一樣。我們不知道該不該用「社畜」來形容，總之就無一個係富二代啦。

　　回到最初，我們也不知道凌梓維會將我們朋友聚會時的經歷和對話變成他創作的素材，直至他自己「招供」，説希望「畀返個名份」，大家一時興起，説反正一班男人「人在江湖」，叫「身不由己夫」便是了。

　　接下來希望讀者們在看這本書的時候可以找到過去幾年生活在香港的一點共鳴，還有就是，我們會認真和凌梓維商討一下分成，除了名份，最好「畀返啲股份」。

# 作者序 - 凌梓維

在傳媒這個講求人脈和經驗的行業，十年方可有小成，我自己應該算不上有甚麼成就可言。回顧過去十年短暫的廣播生涯，能夠將廣播劇《衞城道6號》的故事延伸並成書，頗有正式劃下句號的感覺。

電台的工作很因循，日復日的流水作業磨蝕鬥志，只有聲音沒有畫面的媒介容易令人養成「虛應故事」的工作態度，在連窗戶也沒有的直播室透過大氣電波喊話，很多人也墮入了單純的自我陶醉。這當然只是我一點個人感受，我是個幸運的人，在電台裡遇到很多提攜我的前輩，特別是李敏，很感激她為拙作賜序。還有不嫌棄我廣播劇劇本「飛紙仔」仍一口答應錄音的貴花田、曾志豪、鄭子誠、陳德信、黃天頤、方梓豪、阿桃、當時的節目拍檔阿一和黃冠斌，還有其他廣播道上的戰友們，不論你們是否仍然在廣播的跑道上奮鬥，希望你們不會猶豫，繼續努力，好人一生平安。

最後借用香港乒乓球女子代表隊勇奪奧運銅牌時，李靜教練的一番話——「多謝我自己」。感謝自己在人工智能創作的第一本小說面世前完成了《衞城道6號》，我一定會繼續享受創作的過程，前提是編輯和出版社全人不嫌棄，繼續給予我無限支持和無窮忍耐（笑）。

離開電台失去了自己最喜歡和享受的工作，但我覺得自己在人生和事業的另一條跑道贏得了更多。《衛城道6號》沒有人生的哲理，但我期望這個「街坊劇場」可以成為讀者們的暖心小品，特別是猶疑要不要打破現狀，離開「舒適圈」的讀者們，希望我的作品能夠為你帶來勇氣。

# 目錄

# 序章：都是夜歸人

二零一九年，十二月

我不知道自己是誰。

每晚，我也會離開瑪麗醫院到處逛逛，這一帶不算十分熱鬧，有時候在街角待了良久才有路人經過，偷聽他們聊天算是我最享受的活動了。一路走到般咸道，那兒一家學校的花園裡，有個小小的噴水池，那就是我天光要回醫院前最常流連的地方，我將從便利店偷來的兩元和兩角硬幣拋進去，許願可以早日尋回自己的記憶，為甚麼都這般年紀了，還是沒有人來看看我？

別以為死去的人只「吃」元寶蠟燭，其實「香味」才最吸引，各種來自不同食物的香氣亦然。最近，我都愛留在學校門口，等待我的目標人物。

來了來了！就是那台快餐店的速遞電單車！炸雞的誘惑實在難以抵抗，不坐坐這趟順風車真的說不過去。

電單車沿着般咸道駛到堅道，停在衞城道交叉路口的一間便利店前。

「掌櫃！掌櫃！有無白花油呀？」剛才駕駛電單車的外賣速

遞員看上去似乎提不起精神的樣子。

「嘩！華Dee，你面青口唇白，係唔係唔夠休息呀？不如今日你唔好再送外賣喇！」這個看上去還是個學生的人就是店主嗎？

「唔係呀，我……我覺得我撞嘢呀！」外賣仔煞有介事，聲音帶點顫抖地說。

「唔係呀嘛，你唔好嚇我啦……」大學生店員眼神有點游離。

「我呢……硬係覺得我揸車嘅時候，好似有嘢搭住我膊頭咁……」外賣仔猶有餘悸。

「其實呢，我最近都有啲邪嘢……而家都無幾多人用現金買嘢㗎啦，但係我連續好多晚埋數嘅時候，都發現少咗$2.2呀……」

「點解係$2.2呀？」

「我點知喎！總之就奇啦……」


不是我想瞞住你們兩個年輕人，但要是我現真身坦白實情，恐怕你們覺得更難接受吧。


「咪住！你有無諗起一個人呀？」外賣仔心目中有人可以解答他和大學生店員的問題。

「快啲！快啲叫佢落嚟問下佢！」店員的神情倒讓我期待他們會叫來的是誰。

五分鐘後，一個頭髮不多、架着眼鏡的中年男人來到便利店。

　　「來福！你嚟就好喇！究竟係咩事呀，我係唔係撞邪呀？」外賣仔心急地問。

　　「嗱，正所謂事出就必有因，有時呢，寧可信其有，不可信其無。」來福說起來頭頭是道，似乎知道我就是引起謎團的原因。

　　「你哋聽日邊個得閒嘅，就去荷李活道文武廟求道平安符，返工呀睇舖嘅時候袋喺身，咁就心安理得，萬無一失啦！」來福用肯定的語氣對外賣仔和店員說。

　　「咁就得㗎嘞？」兩人半信半疑。

　　「拜得神多自有神庇佑呀！記得要夠誠心呀！」來福一邊說，一邊向原來的方向走去。

　　「你咁就走㗎嘞！？」外賣仔顯然對來福的答案不太滿意。

　　「我係一個好負責任嘅保安，雖然我返工嘅大廈係近，但我係唔會離開我嘅崗位咁耐嘅，係咁先，無特別嘢都唔好WhatsApp我，告辭～」來福原來是附近住宅大廈的看更，跟着他，也許會對我找回記憶有幫助呢！

　　來福工作的大廈在衞城道，距離便利店和快餐店不到幾分鐘路程，雖然他回去的時候要上坡，但他還算健步如飛。

「唉！嗰兩個友仔，生人唔生膽，阻住阿叔睇劇，呢套韓國古裝喪屍片就快出第二季，我連第一季都未睇完，講出嚟都差啲俾人笑。」看更剛才到樓下原來只是敷衍外賣仔和店員……看來從他身上也不會找到尋回記憶的端倪。但他說到片集這麼精彩，離天光回醫院前還有些時間，就看看當娛樂吧，總比空手而回好。

「今晚點解越坐越凍嘅……明明都無開冷氣，但硬係覺得有啲風，吹住塊面……」糟了！一定是因為我看劇的時候太投入，不小心把在劇情緊張的時候大力呼氣驚動了看更！都怪手機螢幕太小……算了，還是走吧，別看了。

「嘩！連盞燈都開下熄下！唔通……連我都領咗嘢！？」看更說完奪門而去，又走到便利店去了。

「我都話㗎喇！三個一齊遇到邪嘢，即係件事一定有古怪囉！」大學生語氣十分肯定。

「咁點好呀？聽日先去到文武廟喎！」外賣仔十分擔憂。

「計下計下，聽晚就係七七四十九日喇……你哋兩個記唔記得呀？」看更神色凝重地問其餘兩人。

「又好似係……發生咗差唔多個幾月喇……」這幾個人究竟在隱瞞甚麼？我明晚一定要來聽個明白！

衛城道6號

13

隔晚，我再到便利店去，離遠看到三個人蹲在馬路旁。

「喂，來福，就咁幾支蠟燭、一堆紙就OK㗎嘑？」

「我問過做紙紮舖個老友，佢話如果先人走咗，但係仍然徘徊喺生前成日去嘅地方，係因為走嘅時候太急，一時間無咗記憶，所以投唔到胎。我哋一路燒啲衣紙，一路同佢講埋心底最後嘅說話，等佢可以安心走啦。」看更認真地指示着外賣仔和店員。

「咁……不如我講先啦……笑婆婆，我係便利店個學生哥呀，以前成日留返啲汽水罐同埋報紙畀你嗰個呢……你成日同我講，後生嘅時候要畀心機讀書，唔係大個就會後悔……我有好好記住㗎，你放心走啦……」大學生說的時候雙眼緊閉。

「婆婆，我仲記得你鍾意食魚柳包同炸雞，不過我再唔可以好似以前咁請你食喇，你都唔好記掛以前喇，放心啦……」外賣仔憶起婆婆收到快餐店食物時的笑容，她總是那麼和藹可親。

「婆婆，唉……嗰日你俾車撞到，明明係人哋㗎車鏟上行人路，你仲問人哋有無事……你就係咁㗎喇，成世人都唔變，顧掂你自己先吖嘛……我哋都會好好照顧自己㗎喇，你放心走啦……學你以前講笑話齋，記得搵住好人家，下世做千金小姐享享福，學下彈琴跳舞啦……」看更語畢，三人憶起當晚車禍的畫面，強忍着眼淚。

「記唔記得，以前我哋問婆婆，『你啲屋企人呢？』，佢會點答？」大學生打破寂靜問道。

「你哋就係我屋企人啦！」我不小心衝口而出，他們當然聽不見……

「喂！支蠟燭熄咗呀！係唔係即係笑婆婆回魂呀？」大學生驚慌地問。

「哎呀，唔好咁迷信啦……咁啱我企起身陣風整熄咗咋。」看更對其餘二人說。

「你唔好亂郁得唔得呀？」外賣仔說的時候心裡面也糾結：「啲時間又會夾得咁準嘅……」

「咁阿叔我踎咁耐，腳痺㗎嘛！」他們三人依然為了熄掉的蠟燭吵鬧。對我來說，這是個多麼溫馨的畫面，如果可以，我想再多看看……


謝謝你們，我找回記憶了。這次回到醫院後，看來我也不會再有機會閒逛了。勞勞碌碌一輩子，天亮前，可以讓我再到學校花園的噴水池，靜靜地渡過餘下的時間嗎？

*你忘了吧　所有的甜美的夢*
*夢醒後　多久才見溫暖的曙光*
*像夜歸的靈魂已迷失了方向*

Song link

衛城道6號

15

# 1 / 流沙

二零二零年，二月

　　拖着疲憊的身軀下車，因為建築師樓人手不足，陳生已經整整一星期加班到十一時。搬到衛城道這座單棟住宅快有三年，那個時候旁邊的超級豪宅仍是塊工地，最初遷入也本來就只有陳生一個人。

　　嗶嗶幾聲，指紋鎖打開，此刻的陳生只想喝一口冰凍的啤酒。

　　「今晚又咁夜？」發話的是陳生的同居女友。
　　「係呀，公司無乜人，所以跟多咗嘢。」
　　「煮個麵你食好唔好？」
　　「好呀。」

　　陳生是一位建築師，在英國留學後回到香港開展自己的事業，他的設計和工作能力頗得上司賞識，因此被委以重任。同時為了抵消山大的工作壓力，酒精成為了陳生最大的救贖。

　　「啤酒得返一罐咋，我之後再去樓下超市買。」女朋友放下啤酒，又匆匆走入廚房，端出一碗熱騰騰的麵，接着又說：「今日我去過超市，好癲呀，個架無晒米同埋廁紙。」

流沙

「咁誇張？」陳生的心思大概全盤投入到工作裡，流連社交平台的時間也不多。

「係呀，水果都還好，但係菜就買唔到。」難怪今晚吃的是陽春麵，陳生心想。女友續説：「我聽日去買啤酒啦，反正最近Work from home。」

「我公司都係有好多同事可以咁。幾好吖，可以留喺屋企休息。」陳生對加班元兒自然沒有分毫好感，這句話説起來有點語帶相關。

「成日留喺屋企都可以好忙㗎……」女友並不同意。

「一路忙一路睇劇，唔好咩？」陳生打從心底討厭所謂的「在家工作」。

「邊得㗎……」女朋友察覺陳生在「不滿意」些甚麼。

「啊，係呀，我下個禮拜要出個Trip，可唔可以幫我預備定五、六個口罩呀？」陳生彷彿若無其事地説，心底其實知道眼下這情境，要買口罩其實談何容易。

「你要去邊呀？」女友顯得有點不安。

「前海。」

「即係深圳？」女友聽罷，遲疑了良久再問：「一定要去㗎？」。

「公司之前接到啲Project，但係原本跟開嘅同事因為肺炎返唔到香港，所以而家變咗我去負責，咁……望望塊地先知道啲圖點畫。可能之後我會成單嘢接嚟做。」

衛城道6號

17

「乜你都知道有肺炎㗎咩？」女友瞪大眼睛，聲線也提高了。「我無咁多畀你。」

「無？點會呀？」此刻陳生腦海裡擔心若然旅程不能成行會影響建築工程的進度，便衝口而出。

「點會？我夠無諗過超級市場會無米啦！你知唔知外面發生緊咩事呀？藥房啲口罩被人炒起晒，而家就算有錢都唔一定買到。」女友激動的反應令陳生有點措手不及。「我辛辛苦苦，買嘢買到幾乎拎唔到先停，就係為咗慳返啲口罩畀你返工用，你估我唔知無啤酒咩？有手拎至得㗎！我仲周圍撲緊口罩呀……喂！同你講嘢，你做咩撳電話呀？」

「咁我都要同同事講，睇下可唔可以縮短啲個Trip嘛。」陳生電話的螢光幕停留在通訊軟件。

「唔去咪得囉！」女朋友緊握着拳頭，努力不讓自己的聲線提高。

「你究竟係唔明定唔識聽中文啫！」縱然陳生知道女友是出於擔心，但奪出唇邊的話已經收不回來。


女友的淚水停不下來。陳生面對這樣的情境也很無助，唯有好好的冷靜一下，拿起錢包奪門而去。電梯門打開，看更雖然不會過問，但也多看了兩眼，好奇陳生怎麼「又出門口」。


沿着衞城道的斜坡走下去，是一間頗有日子的二十四小時

1／流沙

快餐店，馬路對面，就是女友口中的超市和一間便利店。

　　陳生逕自走到便利店的雪櫃，拿起幾罐啤酒到收銀處。櫃檯的店員看上去是個大學生年紀的男生。

　　「多謝你$26……要唔要印花？」
　　「唔使喇……」陳生一心速戰速決，半身已跨在店外，回頭問店員：「啊！係呀，有無口罩呀？」
　　「賣晒好耐喇。」
　　「哦，唔該。」

　　靠着馬路旁的欄杆，陳生咕嚕咕嚕把啤酒喝下，只想中和剛才的鬱悶。深夜時份已經沒有來來往往的巴士，因為西行方向早上是禁區，禁止公共交通工具以外的車輛使用，晚上的堅道又是另一番景象。

　　「先生？先生？」竟然是剛才的店員，他跑了過來，手上還拿着一個全新的口罩遞向陳生。
　　「畀我㗎？」陳生錯愕得幾乎給不了反應，「……多謝。」接過口罩後連忙戴上，始終是個人心惶惶的時候，究竟這肺炎病毒有多致命，還是未知之數，不然超市的白米就不會賣清光，身體始終很誠實。

衛城道6號

19

「你又話賣晒嘅？」陳生仍然在疑惑當中。

「我自己喋，上年買落咗一啲⋯⋯」聽到店員的答覆，陳生更肯定他是個學生。

「咁⋯⋯多謝晒喇。」

「唔使，你唔戴，我又唔敢同你傾計喋啫～啊！係呀，你係藍、紅定係黃呀？」

「吓？」陳生短時間內因為店員而再度陷入疑惑當中。「乜你咁直接嘅？咁係唔係我哋立場唔同，你就會攞返個口罩先？」陳生準備進入超理性的思辯模式。

「唔係呀！我講緊捉精靈呀！唔係藍、黃就係紅喋啦！」大概陳生覺得自己真的老了。

「我⋯⋯我都唔記得喇，好耐無玩喇⋯⋯而家仲有人玩喋咩？」

「呢啲鐘數落嚟，以為你都係打塔咋。」

「我⋯⋯唔係⋯⋯」

「咁你咁夜落街，又唔係打塔，買完嘢又唔返屋企，都應該有啲經歷啦？」店員竟然問起陳生的私事。但人有時候很奇怪，覺得很難向自己的朋友坦白煩惱，有時候一個陌生人反而更容易開口，而且得到更中肯的意見。

「唔⋯⋯同屋企嗰個嘈咗幾句囉。」陳生毫不掩飾。

「我之前都同屋企嘈。」店員也躺開心扉。

「因為你夜晚落街捉精靈？」

「唔係呀……真係因為『顏色』……咁你呢？為咗咩嘈？」

「為咗呢個。」陳生舉起手裡仍未丟棄的口罩包裝袋。

「其實全香港都搵緊啦……」

「我都知唔應該嘈，但係頭先真係忍唔到嘛……一講到做嘢呢，我就好易『着』。我今個禮拜OT到痴咗，同事好多都Work from home，但係我就要日日返，仲有呀，你估Work from home真係Work咩？個個都係留喺屋企無所事事玩手指。」陳生不好意思對着「在家工作」的女友吐槽，好不容易終於找到對象一吐烏氣。

「講咗有無舒服啲？有嘅話就快啲返去，唔好飲咁多喇，唔係單嘢越嚟越難拆呀。」陳生聽到店員這樣說，才「發現」身旁的幾個空罐。

「咁你呢？都隔咗一段時間啦，無進展呀？」陳生也試試去關心這位新相識。

「上年嘈完之後，佢哋無再畀錢我喇。咁返屋企住咪仲衰，所以要自己賺返啲宿舍費。其實一路同屋企人都OK，做咗二十年人，都係第一次鬧咁多交。」陳生感概社交媒體上的道聽塗說，今晚竟然出現在眼前，店員也覺得無謂提起往事徒添傷悲，一時之間兩人也想不到該說甚麼。

「喂！掌櫃！」一輛電單車緩緩停下，似乎是對面快餐店的外賣車手，剛剛完成派送後回來。

衛城道6號

「喂！華Dee！」店員和車手似乎已經認識了一段時間，陳生見二人開始對話，也不好意思打擾，簡單一句道別，便走到快餐店買了一盒炸雞翼。

「陳生，返嚟喇。」樓下大堂的看更再打招呼的時候，赫然發現陳生臉上比出門時多了個口罩。

「喺下面間便利店……係囉，嗰度嘅。」實在陳生也不知該從何說起。

「哦！等我仲以為賣晒咗喋……啊，你單位頭先叫咗外賣喎。」

「哦，係咩？……軲到喇，拜拜。」陳生心裡仍在盤算道歉的對白，說畢就走進電梯了。

嗶嗶幾聲，指紋鎖打開，今次陳生手上拿着一盒雞翼。

女友吃得津津有味：「我快你一步呀，不過算你啦，識買雞翼嚟冚我。聽日你帶飯啦。」

「對唔住，係我唔好，唔應該就咁走咗去……」女友也感受到陳生的歉意。

「落咗去咁耐，做咗啲咩呀，飲咁多，落老蘭嚟呀？」女友調侃說。

1／流沙

「講你都唔信，原來而家仲有人玩緊捉精靈，頭先呀，我去樓下……」陳生向女友娓娓道來。

這是二零二零年二月初，還未有「新冠」一詞，肺炎來襲的時候，衛城道的一個夜晚。

*愛情好像流沙　我不說話*
*等待黑暗　淚能落下*

Song link

衛城道6號

# 2/ 道路使用者有型守則

二零二零年，二月


外賣仔按過門鈴，來應門的是一位女生，臉上還掛着淚痕。

「小姐，多謝你$74.5。」外賣仔避免尷尬，盡量不去看女屋主的臉。

「唔使找喇。」外賣仔接過女生遞過來的現金，看清楚對方給的是$76。

「多謝。」女屋主也緩緩關上家門。外賣仔踏出回到大廈大堂的電梯，看到看更目不轉睛注視着螢幕。

「快啲啦！開始喇！」看更向着電梯方向不停招手。

「係呀係呀，威呀你來福，發咗達呀？叫外賣，咁近都唔自己落去買。」外賣仔一邊說，一邊把看更下單的漢堡餐拿出來。

「行唔開吖嘛！」看更依然看着手機屏幕。

「行唔開？平時係咁忙，就唔會落到去同我同埋大學生捉精靈打塔啦！行唔開……」外賣仔開玩笑搶白看更。

「話咗你啲年輕人，要時時緊貼個世界發生緊咩事喇啦。今日呀，巴塞對皇馬呀！嘩！開始喇，球員出場喇！」看更對這場西班牙足球的經典打呲期待已久。

「喂，其實你點解會鍾意皇馬㗎？」外賣仔問的時候，看更已經在吃薯條。

「皇馬有施丹囉！」看更連忙嚥下口中的食物回答。

「施丹已經係教練喇！又唔係落場踢嗰個，就算佢本身好波都無用啦！咁老。」外賣仔調侃説。

「你識咩吖？施丹就係好波到呀，喺場邊搵手指隊下隊下都隊死你隊巴塞呀！」看更知道外賣仔開玩笑説自己老。

「隊下隊下嗰啲叫桌球！傅家俊打嘅！你隊皇馬？『符碌中』咋！」講到愛隊，外賣仔不落下風。

「唉！我唔同你嘈喇，外賣員先生，呢度係私人地方，麻煩你送完外賣就過主啦！」看更説完還作狀推了外賣仔一下。

「係呀係呀，你唔好俾我一陣見到你落去同掌櫃講波經喎呀！係咁啦！我仲有好多炸雞要送㗎！」外賣仔笑着説完，便離開看更工作的大廈。


大廈與快餐店其實只是一段三分鐘的下坡路，騎電單車反而繞了一大圈，外賣仔乾脆當「步兵」，順道在回程時，到快餐店對面的便利店買煙。


「喂掌櫃！照舊吖。」外賣仔不為意大學生店員在和一位男士聊天。

「咁我唔阻你喇，下次有機會再講，拜拜。」那位男子説完便轉身離去，大學生也禮貌道別。

「你識㗎？唔似同你差唔多年紀喎，大學阿Sir？」待那男士過馬路離去後外賣仔忍不住問。

「唔係，嚟買嘢嘅客人嚟嘅，應該喺附近住。」大學生邊説邊把香煙拿近條碼掃瞄器。

「喂，唔該。」外賣仔付錢後接過香煙。

「食少啲啦。今日仲有無單要送呀？」大學生説的時候，外賣仔已經急不及待走到店外點起香煙。

「暫時無，所以先過到嚟咋嘛。」外賣仔説時煙圈一邊冒出，再吸一口又道：「我頭先送嗰張單，個客一開門，係個喊緊嘅女人。」

「點解喊嘅？有嘢食仲喊？」大學生開玩笑説。

「唉，有時我呢行都幾搞笑，明知人哋有嘢，但係又唔會問人哋『你咩事呀？』咁，好似有啲冷血咁……」外賣仔説完，又狠狠吸了一口。

「其實你點解會送呢區嘅？你住附近㗎？」大學生問完也覺得奇怪，明明是中環半山，要是住在這又怎會送夜班外賣。

外賣仔向天呼出煙圈，望着大學生問：「你知唔知由堅道一路向呢個方向行會去到邊度？」

「般咸道囉！」那正是大學生的校舍所在，他自然清楚。

「我以前就係住喺般咸道。不過都就嚟係二十年前嘅事喇。」外賣仔腦海開始憶起當時的畫面，又説：「你知唔知道，其實『般咸』同『文咸』，係同一個人嚟㗎？」

大學生隱約記得：「文咸好似係以前一個港督，但係般咸原來係同一個人就唔知喇。」

「賣海味嗰條叫文咸街。正街，西邊街上完斜呢條叫般咸道。我屋企以前就住喺般咸道，喺文咸街賣海味，我本來係舖頭嘅第三代。」外賣仔說：「我細個嘅時候無乜界心機讀書，考完會考叫僅僅讀到預科，A-Level之後就無繼續讀喇。覺得自己唔係讀書嘅材料，加上知道自己一定會做海味，十八歲之後第一件事就係去考電單車牌，考到之後就玩車，同啲Friend跑大清水、大美督。」

「真係好似華Dee咁呀？」外賣仔的身世，大學生聽得津津有味。

「哈哈……咁無做戲咁誇張，遊下車河啫，我又唔夠膽賽車。不過揸電單車嘅感覺真係好自由，細個嘅時候喺架車上面，好似可以操控好多嘢咁，你想去左邊就左邊，架車唔會同你作對。」外賣仔現在仍然享受這種感覺。

「後來呢？而家係唔係無做海味喇？」大學生問。

「以前呢度無地鐵，有好多小店喇，自從話要起地鐵，慢慢呢度所有嘢唔同晒，隔一排就執一間。車房唔做，餐廳又唔做，俾業主係咁加租。呢，下面高街呀，以前有間粥舖我成日去喇！而家變晒喇，賣啤酒、生蠔，變晒啲高檔嘢。」外賣仔繼續娓娓道來。

「咁你屋企又係咁所以無做呀？」大學生覺得加租對經營壓力很大。

「唔係，嗰時海味舖個位係自己嘅。地鐵宣佈咗延長去堅尼地城之後，由西營盤開始幾乎所有電車路嘅舖位都有人問賣唔賣，連文咸街嗰邊個價都高埋，最尾海味舖八千萬賣咗。」外賣仔説的時候憶起自己在家族海味店幫手的時光。

「嘩！八千萬？」大學生難以想像眼前這個不修邊幅的速遞員竟然是個富二代。

「我阿爸都係咁嘅反應，仲話：『賣幾多斤魚翅鮑魚先得嚟八千萬呀！梗係賣啦！』阿爺就無咩所謂喇已經，覺得反正都係交畀我阿爸，所以俾佢話事就算。」外賣仔記起爺爺在海味舖聞冬菇的樣子。

「八千萬喎，就算慢慢使，都有排使啦。」大學生覺得自己被貧窮限制了想像。

「賣咗舖之後，我阿爸用咗啲錢同另外幾個人夾份做生意，開咗間主打食魚翅嘅酒家，話可以用返以前啲Connection。」外賣仔仍記得那時酒家正門那塊好比一個成年人身高的魚翅，爸爸説那就是「鎮店之寶」。

「聽到呢度好Make sense吖。」大學生邊説邊點頭。

「係呀，最弊無隔幾耐就流行唔食魚翅呢……雖然已經盡力轉路線，但係之前酒樓嘅魚翅形象太深，一下子真係改變唔到啲客嘅想法。結果嗰八千萬用嚟注資落酒樓，無幾耐就用晒，蝕到止都止唔住，屋都賣埋，阿爺索性返埋鄉下住。」外賣仔因為疫情關係，也有一段時間沒有見過祖父了。

「你會唔會怨你阿爸㗎？」大學生問。

「有咩好怨吖，佢係富二代，唔憂柴米，自然諗嘢都天真啲簡單啲。就算真係要怪，都怪自己細時唔讀書啦！一心諗住做海味舖，讀咁多書做咩吖？預科畢業夠啦！英文都係去旅行用㗎啫～而家就後悔囉。」大學生能聽得出外賣仔的唏噓。

「點解唔做返海味舖呀？」大學生覺得好奇。

「海味行頭好窄，尤其係佢以前做老細，唔係咁易有人請㗎。後來過咗大半年，我阿爸先總算搵到一間熟啲嘅做返老本行，我就無做喇，所以開始揸電單車送外賣囉。」

說到一半，外賣仔的電話響起：「喂？無，喺對面食緊煙咋嘛……無問題，邊度呀？般咸道？好呀，我而家返過嚟出車，好快，一分鐘。」說罷外賣仔掛掉電話。

「有單嘑？」大學生問。

「係呀，般咸道嗝，唔知般咸道邊度呢，過返餐廳收 Order 先知。」外賣仔回應說。

「般咸道邊度你都熟啦！快啲喇你，一陣又遲就被人投訴㗎喇。」大學生邊說邊把外賣仔推到斑馬線旁。

「喂，咁再講啦，做嘢先。」外賣仔說罷火速趕回快餐店。

點算好食物和飲品，確認地址後，外賣仔懷着志忐的心情前往客人般咸道的住處。

衛城道 6 號

門鈴叮噹一聲，外賣仔站在客人家門外等，來應門的是個看上去快到五十歲的男人。

　　「多謝你$279.8。」外賣仔説的時候有點模糊不清。

　　「唔使找喇。」應門的男戶主把現金交到外賣仔手上，又道：「啊，你架車係唔係停咗喺屋苑迴旋處呀？」

　　「嗯。」外賣仔説的時候刻意迴避男戶主的眼神。

　　「咁你記得搭𨋢係UG唔係G喎。」原來男戶主是在友善提醒外賣仔，怕他待會行了冤枉路。

　　「以前……都……送過呢度㗎喇……」外賣仔回答的時候聲音還是很小。

　　男戶主又哪會知道，二十年前在他現在住的單位內跑跑跳跳的，正是面前這個將快餐速遞到自己手中的人。

*風馳電掣　車手面世*
*東到西　每晚排除萬難戴住頭盔*

Song link

衛城道6號

# 3 / 暫時永別

二零二零年，二月

在中環半山堅道與衛城道交界，有一家便利店，晚上值班的店員只有他一位。雖然距離夜生活繽紛多彩的蘭桂坊不算很遠，但因為該區已經有便利店，所以堅道這家的服務對象，是附近住宅區的街坊。

店員是一位二十出頭的大學生，最初因為覺得宿舍到堅道的路程不算很遠，而且在這家店要操心的功夫不多，所以在看見徵求夜班店員的告示後，便立即應徵了，他看看手機上的日曆，今天剛好做滿七個月。便利店對面有一家通宵營業的連鎖快餐店，是整個住宅區唯一在深夜仍亮着燈的地方，而便利店的店員和快餐店的外賣仔也因為玩手機遊戲而結成好友。

「你今晚忙唔忙呀？」外賣仔發問的時候，仍注視着手機的遊戲畫面。

「都係咁啦⋯⋯以前都有啲開完OT，或者喺屋企開Party嘅人落嚟買下嘢，而家夜晚都少咗好多人喺條街度。咁你呢？」大學生也是目不轉睛看着手機畫面。

「我好忙呀！啲人唔出街，而家晚晚都好似歐聯決賽咁，同平時比行多幾轉㗎！」外賣仔吐苦水前，老是先問對方相同的問題。

約一年前，當時大學生應徵成為店員沒多久，因為晚上太無聊而走到店門外玩手機上的「小精靈遊戲」，恰巧碰上晚上等待食客下單的外賣仔，二人遂結伴打機，並開展他們這種沒有眼神接觸的對話。

「嘩！呢隻咁難打嘅！」外賣仔螢幕裡的小精靈生命值正瘋狂暴瀉。

「梗係啦！人哋守塔嗰隻係鯉魚龍，你點會用噴火龍去打㗎！」大學生快瞄了外賣仔的手機一眼。

「咁點好呀？」外賣仔聲音顯得無助。

「如果你有草系，即係奇異種子嗰個系就用啦，如果唔係就用返水系啦，起碼唔會輸屬性嘛。」大學生恐怕早把小精靈圖鑑倒背如流。

「啊，你呢啲人真係，讀緊書係唔同啲，咩系都要分得咁清楚。」大學生來不及反應，外賣仔又道：「咁你呢？識咗你咁耐，都無問你係咩系㗎喙？」

「你都幾夾硬㗎喝……」大學生苦笑着，「我係歷史系嘅。」

「歷史？歷史讀完之後可以做咩㗎？考古嗰啲呀？」外賣仔問。

「唔係㗎，考古還考古，歷史還歷史，分得好清楚㗎。」大學生說的時候特別強調兩者的分別。

「歷史……咁你背書咪好勁囉！」外賣仔問的時候摸着自己

的臉。

「梗係唔係啦，歷史唔係背㗎，唔係話背書勁就叻㗎。」說到學習，大學生的語氣十分認真。

「點會吖，所有讀書都係背書㗎啦，如果我背書叻，就你送外賣唔係我送外賣啦～」外賣仔半開玩笑說完，故意挨近大學生，又道：「喂，對面有個女仔，其實望咗我哋好耐……」

「咁係人係鬼吖？」大學生不以為然，以為外賣仔還在開玩笑。

「喂……唔係呀，行緊過嚟，認真！認真！」外賣仔隱約感受到那個女子殺氣騰騰。

「你真係喺度㗎？」女子兇巴巴對着大學生問，接着又說：「有人話喺Hall度搭巴士落金鐘，經過呢度話見到你，本來我都唔信架！咪特登過嚟望下係唔係囉……你知唔知自己做緊咩㗎？」

大學生的頭低得頭髮擋着臉，沉默幾秒後說：「咪收下錢，幫人增值下八達通咁囉……」

「你係咪要咁嘅語氣講嘢呀？」聽說當女生在吵架的時候不揚聲說話才是最恐怖的，在旁一直在聽的外賣仔今天總算證實得到。

「我知，你一定會話我『好無目標，個人好迷失嘛！』，你一定係咁講㗎！」大學生面對進逼，開始失去耐性。

「唔敢！一九年夏天開始，就算你每次都唔聽電話，又唔

開Location，我都無一次喺你出去嘅時候質疑你㗎啦。」女生講出了一直以來她最介意，也最擔心的事。

「咁我驚電話會無電嘛！」大學生立即反駁。

「咁而家唔使驚啦！你便利店大把電啦！」女子說罷便奪門而去。大學生雙腳卻「種」了在便利店似的，並沒有追出去。

連同地上兩個空罐，大學生手上已經是第三罐啤酒，剛才的女子才離開了三十分鐘左右。

「唔好飲咁多喇，醉咗點睇舖呀……」外賣仔苦口婆心在勸大學生。

「其實我都唔明佢點解咁嬲，咁我都係返工啫，又唔係做啲乜嘢。」大學生滿臉通紅的說。

「女人就係咁㗎啦，你自己同佢講，係，佢係會唔高興；但係喺其他人把口度知道自己男朋友啲嘢，佢哋必定係癲咗咁嬲。」充當南宮夫人的外賣仔接着又問：「咁你女朋友係讀咩系㗎？」

「建築。」微醺的大學生答道。

「勁喎，睇你唔出呀吓，追個女朋友咁叻。」外賣仔真心為大學生高興。

「我哋中學就識㗎喇，嗰時考完DSE，我話想揀歷史，佢都無唔支持。一嚟我真係鍾意History啦，二嚟，佢話我讀歷

史總好過揀當時更想揀嘅傳理⋯⋯」大學生憶起當時的畫面。

「你揀咩科，無同你阿爸阿媽傾咩？」外賣仔問。

「哼，佢哋先唔會理我啲嘢！」大學生一臉不屑。

「唉，你咁嘅反應，即係同你屋企仲未講返嘢啦⋯⋯」外賣仔也覺得無奈。

「上年中秋⋯⋯即係半年前？係呀，上年中秋之後就無再搵喇。」外賣仔的「無奈」傳染到大學生身上。

「即係⋯⋯錢都無畀你呀？」外賣仔實在替眼前的年輕人擔心。

「無㗎⋯⋯所以我更加唔可以無咗呢度份工。再講吖，因為政見而嘈交，唔係咁易無事㗎，嗰時撐得都幾行。」大學生說。

「睇你女朋友頭先嘅反應，佢應該唔知你嚟睇舖，更加唔知係因為屋企無畀錢你，所以你要咁做啦？」外賣仔說罷一直在搖頭，又說：「點解你唔同佢講呀？」

「佢都認識我阿爸阿媽，我唔想因為呢件事影響咗佢哋之間嘅關係嘛⋯⋯」大學生回答說。

「年輕人，你真係想得太遠喇⋯⋯」電話的鈴聲打斷了外賣仔。沒想到凌晨四時竟然還收到快餐店的送餐指示，外賣仔不得不回到馬路的另一邊。關於大學生女朋友的討論沒有再延續下去，而倆小口的「冷戰」也持續了好幾天，直到⋯⋯

「嘩，來福，鬼馬呀你，幾十歲情人節買朱古力，送畀邊個呀？」嗶的一聲，大學生為看更的朱古力掃過條碼。

「你理得我啫！係喎，口罩有無返貨呀？大人細路 Size 都要，好鬼難買呀，仲難過之前啲人搶廁紙嗰陣。」看更説完深深嘆氣。

「未呀，如果我哋返到貨，我即刻通知你啦！」大學生正為看更買的朱古力找續。

「情人節喎……無拖拍咩？做咩係度『獨守空幃』呀？」看更也知道前幾天的事，故意搶白大學生。

「多事吖你！找埋錢畀你！走呀走呀！唔好阻住我做生意！」大學生裝作生氣。

「唉，情人節快樂啦大學生。」看更説罷離開便利店，另一個身影剛好擦肩而入，那人逕自走到收銀櫃位，放下一個快餐店外賣紙袋，正是大學生的女朋友。

「天未光喎，你咁早嘅？」大學生問女朋友。

「請你食㗎，打開睇下啦。」不知為何女朋友似乎沒有記恨當天的事了。

「唔打開都聞到係薯餅啦～」雖然未知女朋友消氣的原因，但大學生也不打算深究，只要她不將這件事放在心裡便好了。

「情人節喎今日，如果收工有人同你去飲早茶，食返一籠流沙奶黃包，唔知你覺得點呢？」女朋友對大學生喜歡的食物瞭如指掌。

衛城道6號

「梗係得啦～加多個灌湯餃！我埋單喺呀！」大學生掩飾不了喜悅。

　　「仲使講嘅？你而家搵咁多錢，梗係你埋單啦！灌湯餃一人一籠喺呀！」女朋友笑着説。


　　大學生始終未明女朋友的態度何以一百八十度逆轉，但看在情人節的份上就別追問了，沒有比她這一刻的微笑更重要的事情了。


*你說這種概念　是片刻的抗辯　有多膚淺*

*但我偏執向善　有信心可兌現　儘管凶險*

 Song link

3／暫時永別

衞城道6號

# 4/滄海一聲笑

二零二零年，三月

根據非正式統計，大部份香港人都對自家住宅大廈的保安滿意度不高，「過年嘅時候就殷勤啲囉，攞利是吖嘛，平時就門都唔係好想開，坐喺個位度唔知做緊乜。」是最普遍的印象。衛城道一座單棟住宅大廈內也有一位夜班保安，他和一般大眾對看更的觀感沒兩樣……

「搞錯呀，咁夾硬嘅真人騷都有嘅，擺明就係專登造界佢㗎啦！唉，啲人仲話好睇。」雖然正在當值，但看更仍然忍不住對手機畫面內的節目情節嗤之以鼻，「如果唔係嗰套韓國古裝喪屍下個禮拜先上，我真係睇都費事呀！」

根據看更來福的心得，晚上出入住宅大廈的人一向不多，特別是疫情前，深夜出入住宅大廈的人甚是規律，一般都是下班回家的住客，他甚至可以粗略估計到哪位最常要加班。來福當值時愛看電視劇解悶，由於疫情後晚上出入的人更少，來福把心一橫，決定開展他的「第二事業」。

來福的手機有來電，打斷了他本來在邊看邊罵的真人騷節目。

「喂～做咩咁夜唔瞓呀？十一點幾喇啵！」來福對電話微笑着説。

「無～爺爺～我想睇下你識唔識用個Facebook專頁嘛。」來福的孫兒是個小六學生。

「喂，你應承過爺爺唔同人講㗎喎！」來福緊張得壓低聲線。

「而家得我同你咋嘛～怕咩喎……啊！係呀爺爺，我想話你知，我睇晒啲金庸喇。」能聽出來孫兒覺得這是個小成就。

「咁犀利？連《俠客行》同埋《連城訣》都睇埋喇？」相比最喜愛的《倚天屠龍記》，看更記得以前要用相對長的時間才閱畢那兩部金庸先生的作品。

「梗係啦！我仲做晒啲功課㗎～」孫兒回答道。

「功課？都唔使返學仲有功課㗎咩？」來福覺得奇怪。

「我個校長好似岳不群咁㗎，會扮晒無嘢，然後叫啲老師突然偷偷地射啲功課上網㗎！」看來孫兒真的很喜愛武俠小説。

「喂！你唔准咁話人㗎。」來福強忍着笑，故作嚴肅。

「唔怕啦爺爺～你唔講邊個知啫！?」乖孫倒是沒有説錯。

「總之唔好啦。喂，咁你打嚟就係打算話我知你睇晒啲金庸呀？」來福再看看手錶，覺得孩子真的該要去睡了。

「唔係呀，爺爺我想你幫我買包朱古力呀。」孫兒的聲線有點靦腆。

「又買？上次情人節唔係買咗喇咩？」來福笑着問。

「今次係白色情人節吖嘛，下個星期就係喇，我要回禮呀！」孫兒總覺得有點難為情。

「回禮？！你有收到朱古力咩？」來福再次感受到甚麼是「人細鬼大」。

「無喎。」孫兒的回答出乎意料。

「哎呀，咁你回咩禮啫！」來福忍着沒説「真係無你咁好氣」。

「爺爺～香港係咁㗎～任何時間，係唔係情人節都好，永遠都係得男仔送嘢畀女仔，女仔係唔使送嘢畀男仔㗎～」孫兒説的不無道理。「總之我就乜都預備好晒架喇，係差你幫我買返上次隻朱古力咋～你記得幫我買喇！」

「好啦好啦～嗯，咁你好去瞓喇！」來福真的會把孫兒的事情放在心裡。

「知道喇爺爺，你記得戴口罩同埋洗手呀！早啲喇～！」兩爺孫互道晚安，這是來福今日最開心的幾分鐘。

到了休息時間，看更第一時間走到便利店，想要為孫兒買朱古力。

「喂掌櫃，咦，唔喺櫃檯嘅，喂我想買返上次隻……嘩！你搦咁高做咩呀？」看更見大學生在店內一個角落架起梯子。

「來福！你嚟得啱喇！盞射燈燒咗個膽，我叫咗華Dee嚟

幫我換，但係佢要做嘢未到……」大學生向店門櫃檯的方向大喊。

「欸欸欸～你落返嚟！你落返嚟！我幫你換！」掌櫃手忙腳亂之際，來福挺身而出。不消一盞茶功夫便換好了燈膽，這時外賣仔才到達。

「又係外賣仔救全家嘅時候喇！咦？搞掂喇？」外賣仔話音剛落，竟看見掌櫃和來福兩人在吃杯麵。

「來福勁呀，體態輕盈又好身手，話咁快就換完！」大學生掩飾不到對看更的讚美。

「我有電工牌㗎，換個燈膽濕濕碎啦。」看更回應道。

「來福你都幾叻㗎噃，又有保安牌～又有電工牌～」掌櫃誇獎來福說。

「搵餐晏仔啫。」看更說出標準的客套答案回應。

「喂，你……問咗佢未呀？」外賣仔低聲問大學生，只見大學生搖頭說不。

「喂喂喂，你兩個細細聲咁，古古惑惑，講緊咩呀？」看更裝作警告兩人。

「無～其實我哋覺得你好面善……」大學生始終覺得難以啟齒，外賣仔接着說：「你以前係咪拍過戲呀？」

這一句果然有嚇到來福，右手在後腦勺來回掃了幾下，不好意思地說了句：「都好耐之前嘅事喇。」

衛城道6號

43

一問之下，來福如數家珍，原來以前為了有三餐溫飽早早被送去學龍虎武師，那個年頭幾乎一星期七天都在片場，「有工開又有飯開」，工資還有盈餘。曹達華年代，來福仍是「學師仔」，後來參與了大大小小的動作片拍攝，拍的都是有姜大衛、洪金寶、李小龍等動作片巨星的電影。

　　「嘩！咁勁？但係龍虎武師其實係學咩㗎？」外賣仔對電影工業的了解似乎有限。

　　「造手同打關斗就基本㗎喇，仲要學功夫，嗰時我耍得最好嘅就係虎鶴雙形同蔡李佛！」來福一邊説，一邊比劃了幾個虎爪套路。

　　「都話㗎啦！我成日覺得喺電影台啲舊戲度，有時好似見到佢咁㗎！」大學生雀躍地向外賣仔説。

　　「真係『再生鏽嘅刀都有鋒利嘅一日』呀！」外賣仔聽到眼前來福訴説自己的履歷，覺得難以置信。

　　「喂！咁你而家仲有無拍戲呀？上一次拍邊個呀？」大學生問來福。

　　「阿Sa囉。」來福淡定回答。

　　「嘩！！！做咩角色呀？邊套呀？人哋咁紅！」外賣仔和大學生二人七嘴八舌。

　　「做鄰居囉。」來福的冷靜相映成趣。

　　「咁即係點呀？嗰場戲個故事係點㗎？」大學生焦急地問，

他以前是女子組合Twins的忠實粉絲。

「係囉，鄰居要講啲咩喫？『啊，阿Sa你返嚟喇。』、『阿Sa，你又出門口喇。』、『最近成日唔見你嘅？』，係唔係咁樣？」外賣仔好奇地問。

「鄰居，即係佢出門口時我入門口，佢入門口時我出門口囉。邊有對白喫！」其實那次來福只是做臨時演員，嚴格來說算不上和阿Sa做對手戲。

「Say句Hi都有喎？」外賣仔說。

「而家啲鄰舍關係好冷漠喫，你估真係有時你Hi下我，有時我Hi下你呀？我係保安嚟喫嘛！問我就最中肯嘞。」雖然是沒有被分配對白的角色，但經來福這樣一說，似乎又很合理。


後來因為外賣仔要送餐，看更才好不容易結完話題，沒想到兩位對電影如此好奇。放好孫兒要買的朱古力，看更正準備繼續為他的劇評專頁做「資料搜集」，此時大廈的大門開啟，進來的正是陳生。


「陳生，返嚟喇，今晚夜過之前喎？」

「係呀，而家好多同事都唔返公司，咁我咪幫手搞埋啲嘢囉。咦，平時幾點鎖較喫？」陳生等電梯時發現只有一部運作。

「上頭話而家少咗人出入，所以早咗呀，十二點左右啦。」看更回答說。

衛城道6號

「啊～你上次介紹我嗰套西班牙文電視劇，講打劫銀行㗎呢～幾好睇啵～」等電梯的陳生主動提起。

「係幾好㗎～無論鋪排、劇情、選角同埋官能刺激，以電視片集嚟講算係幾上乘嘅佳作～四月就出新一季喇！」說到劇集和電影，看更頭頭是道。

「咁等我快啲睇埋淨返嗰幾集先。不過講開又講吖，你嗰啲推介同評語，同網上有個劇評Page好似㗎！」陳生突然眉飛色舞。

「係咩？我都係執下人口水尾啫！」看更只希望自己的專頁不被認出。

「個劇評專頁個名好搞笑㗎！叫『虎鶴雙形蔡李佛』，哈哈，第一眼仲以為係『寶芝林黃飛鴻』啲Friend。」看更聽到更是腳底冒汗。


電梯正是剛好到達，陳生和看更互道晚安後便走進電梯，看更成功「避過一劫」。


*清風笑　竟惹寂寥*
*豪情還剩了一襟晚照*

Song link

衛城道6號

# 5/ 邊一個發明了返工

二零二零年，三月

　　新聞畫面繼續重複着政府關於「封關」的消息，最近大概除了『疫情進展』，沒有甚麼值得關注的資訊。沒想過當晚經歷過這般激烈的討論，最後竟然由有關當局乾脆幫陳生下了決定，他再不需要掙扎要否到內地出差。

　　「講咗咁耐，最後咪又係封！」今日剛好是Work from home的女友說。

　　「今日你又可以Work from home咩？唔係星期三、四咩？」

　　「唔係呀～唔定㗎！個個禮拜唔同㗎！」

　　「咁都幾煩喎……」

　　「係咁㗎啦，Staff 永遠都唔係人嚟嘅，只係一件工具。而Admin staff呢，更加係要隨傳隨到嘅工具。成功解決問題，係因為你份糧包嘅，解決唔到嘅時候，就會一路俾人捽到頭破血流，捽到你死為止。」女友連珠炮發地數落公司。

　　「咁嚴重㗎咩……」

　　「陳生，你有無試過唔識寄速遞呀？」話音剛落，陳生還來不及反應，女友接着說：「公司雪櫃無嘢飲呢？部Printer壞咗唔知你會搵邊個呢？」

　　陳生細細聲回答，「Admin囉。」

　　「係囉！部Printer壞咗點解唔係搵IT而係搵我哋呢？因為

份糧包㗎嘛！」顯然「在家工作」令女友的怨氣已衝上凌霄閣。

鈴鈴～電話鈴聲此刻對陳生來説就如救命符一樣。

「喂？ George ？早晨！……個Teams唔Work？……係，係，咁呀……不如我即刻幫你用Zoom host另一個啦。」

陳生首次見識到女友一邊翻白眼，一邊誠懇地對着聽筒講説話的招數，這種幾近「靈魂出竅」般的皮笑肉不笑，令陳生憶起很多與女友通電話的畫面，不由得冒出一身冷汗。

「係呀！真係Click條Link㗎咋，好簡單～哦，唔緊要，咁我都Join埋啦！嗯，嗯……我會同嗰邊講。無問題，轉頭見，Bye-bye！」話音剛落，女友就向陳生望過去，「得喇，你走啦！我好忙呀，今晚再講啦！」

沿着長長的扶手電梯，從衛城道走到電車路，不難發現走在路上的途人真的比以前少了很多。陳生自疫情開始，就改坐電車上班，需時較長，但勝在空氣流通。登上寫着「筲箕灣」的班次，電車以獨有的節奏穿過金鐘、灣仔，再去到軒尼詩道及維園，無論當天天氣放晴還是下着大雨，每次當電車經過維園球場時，總是令陳生感慨良多，五味雜陳。

衛城道6號

走進公司大門，放眼看到最遠處，人數算上自己才僅能玩一局鬥地主，雖然沒有遲不遲到的壓力，但恐怕今天都不會再有其他同事回公司了。

「喂，KY！」陳生打開電腦螢幕上的會議通知，揚聲器傳來與會同事的招呼，「今日又係你喺公司呀？」

「係呀，我住得近嘛。」

「嘩，你搭車小心啲喎，記得戴實個口罩呀！喂！你成日都出街，又戴咁耐口罩，如果嗰日好好太陽，會唔會曬到你塊面兩截色呢？哈哈！」陳生過去幾年不得不『面對面』應付來自這些不太好笑但不能不理的笑話，只是沒想到在視像會議，陳生仍要說些有的沒的來虛應一下。

一輪招呼過後，會議終於來到重點：「個工程要2021年5月Complete，6月通車。我想問依家工地有幾多日無開工？」陳生認真地跟進建築地盤的工作進度。

「我都唔係好肯定喎，始終唔可以落Site睇。」來自笑話同事的回應。

「唔緊要，咁下次開會嘅時候再Update返啦！」語畢，陳生望望日曆，這種毫無生產力的視像會議原來已經持續將近兩個月。

「好吖，咁其他同事有無咩特別嘢？無嘅話，我哋就下次再講啦，Bye-bye！」笑話同事直接將會議帶入最後直路。

會議結束，只消八分二十四秒，陳生就完成了今天一半的工作。總覺得剛才與會的其他同事在離線的同時已經穿好行山鞋，準備好 Work from hill。

　　夜色漸沉，拿着特意從炮台山買的生湯圓，完成一日工作的陳生啟程回家。歸途上回想起今早女友在家工作依然忙碌的畫面，陳生由衷地產生了一種敬意。

　　「返嚟喇？洗咗手先啦！今日忙唔忙呀？」女朋友正在摺疊洗好的衣服。

　　「都係咁上下啦。」

　　「買咗咩返嚟呀？」

　　「你鍾意食嗰間湯圓呀！今晚我整畀你食啦。」

　　「放工就直接返嚟啦，專登去買咁危險……」女友責怪的言詞掩飾不了內心的喜悅。

　　「見你 Work from home 辛苦嘛。係呢，最後個會開咗幾耐呀？」

　　「講你都唔信呀！一個鐘唔夠。知唔知點解？因為公司無買 Zoom premium，間接令成件事好有效率呀！你呢？你開會順唔順利呀？」

　　「都係咁上下啦。」陳生回答時，腦海閃過8、2和4三個數字。

邊一個發明了返工

返工喺度玩接龍

Song link

衛城道6號

**虎鶴雙形蔡李佛**
5.1 小時前 🌏

··· ✕

# 劇評：西班牙不理性旗兵

　　阿佛我本身是球迷，對於西班牙足球略懂一二，不論是巴塞的控球在腳，還是皇馬的致命防反，都強調球員對戰術和系統的熟悉。偏偏同樣由西班牙拍出來的電視劇，根本是「離晒大譜」，不過高潮迭起，一次又一次出其不意，實在令人看得過癮。

　　阿佛先旨聲明，個人認為這套劇不論鋪排、劇情、選角以及官能刺激，以電視片集來說都是上乘的佳作，特別是第一季登上全球串流平台之後繼而爆紅，製作方願意投放更多的資源去拍攝，看得出連開槍、爆炸以及運鏡都比之前更出色。

　　其次就是這套劇集夠癲！人質變劫匪、捉賊變做賊、劫匪打着「正義之師」的旗號打劫國家銀行，沒錯「犯法係犯法」，但是贏得全國人民掌聲，令人拍案叫絕！

　　不過話說回頭，在這套劇集之前，從來沒有機會看過西班牙劇集，不知阿佛有生之年能不能見證到一套香港製作可以在串流平台爆紅的一日呢？現在的港劇可謂乏善足陳，橋段舊、無新意、唔夠爆，CG廿年如一日，《衝上雲

霄》的飛機坐到2020年仍然健在，罐頭配樂每一套劇集也出現，莫說要跟韓劇爭一日長短，恐怕連泰劇的討論度也快要迎頭趕上，香港劇集真的要痛定思痛。

PLS CLS，你的留言是我的動力，多謝支持。

 3

 👍 讚好　　💬 回應　　↪ 分享

Song link

*二零二零年，四月*

「已經無問題㗎喇。係，今日唔係我，但係我已經交代咗畀Tracy同埋Maggie，IT Simon都知㗎喇，有咩事佢都可以即刻喺公司幫到手。好，好，OK，拜拜George。」身旁的女朋友剛剛完成了「在家工作」必須的「在家講電話」，而且一講便是十五分鐘。

陳生在疫情初期仍然每日往返公司，然而在公司「同事間避免接觸」的新政策下，不得不將某些日子讓予同事回公司而自己在家工作。

「嘩，你個電話都講幾耐㗎喎。」坐在身旁聽女朋友講電話的陳生顯得有點不耐煩。

「無計啦，老細係咁㗎喇。以前返公司淨係負責指手畫腳，而家都係，不過要用Zoom指，但係又驚大家知佢唔係好識用喎，要面嘅人係緊張啲㗎喇。」女朋友說起自己公司的管理層時充滿怨氣。

「哈哈，咁以前唔用開，而家要用都要啲時間熟習下嘅。」陳生試圖緩和氣氛。

「熟習？咁佢出糧做咩呀？唉！唔好講佢喇，我哋繼續啦。」女朋友拿起電視遙控器，按鍵繼續播放。

原來今天因為小俩口都不需要回公司，所以決定來一個「煲劇馬拉松」，朝九晚九來一個比肩「一次過睇晒《魔戒》系列」的瘋狂活動。正好早些日子看更推薦的「西班牙打劫劇」即將迎來全新一季，陳生和女朋友決定趁今天痛快來個了斷，將餘下未看的集數通通消滅。

「咪住咪住，等等先！」電視揚聲器傳來呼呼呼的槍聲，女朋友也着陳生暫停畫面。「我睇得有啲辛苦呀……」女朋友説完向陳生望去，陳生回應道：「咁你唔好戴Con囉。」

「我有啲唔係好明呀，因為啲字幕好快，我都未睇完一句就到下一句。不如我哋睇英文配音吖？」女朋友皺着眉頭説。

「唔好，睇返西班牙文傳神啲嘅。」陳生否決了女朋友的提議。

「咁你解釋返畀我知先……佢哋唔係打劫咩？」女朋友疑惑地問。

「係呀。」陳生回應道。

「係囉！咁呢個明明係人質嚟㗎嘛？點解變咗劫匪㗎？」能看得出女朋友真的對之前某部份劇情毫無印象。

「佢之前有講到㗎，因為佢本來嗰個男人對佢差，淨係想利用佢嘛。」陳生嘗試喚起女朋友的記憶。

「係咩……？仲有呀，佢哋打劫就打劫啦，又跳舞、又激吻咁，啲西班牙人可唔可以目標為本啲呀？同埋呢，佢哋啲角色名全部係城市名，搞到我好亂呀！已經要記住啲人樣，仲要

追字幕，睇得有啲辛苦呀……」反正説了，女朋友連珠砲發。

「韓劇夠要追字幕啦！你唔覺得辛苦咩？你聽得明韓文咩？啲韓劇角色呀，個個都係『姓朴』啦，你又分到？最攞命係咩呀？韓劇裡面個個夠一樣樣，撞晒面啦！你又分到？」這些只是陳生的內心對白，他吃了豹子膽也不敢把這刻所想的宣諸於口，聽到女朋友的「投訴」，陳生只好説：「咁我哋不如睇《愛的逼降》啦？」

「但係你想睇呢套西班牙嘢喎……」女友帶點無辜地説。

「唔緊要，之後大把機會再睇啦～等你無咁劫，可以追字幕嘅時候再睇囉，呢套都係樓下看更話好睇，我先睇下你想唔想一齊追下咋嘛。」陳生是這樣説的，內心獨白歡迎大家自己去補完。

「乜你哋對話嘅Topic咁搞笑嘅？」女朋友説的時候，知道陳生已經不會堅持要自己看西班牙劇了。

「等輆嘅時候無聊講起咋。」陳生説。

此時，她的電話再度響起。「喂，George……係，哦～咁呀，無問題，我Draft咗畀你睇咗先吖……好呀，你Whatsapp錄音Send畀我，我放埋落Email度吖，無問題……拜拜。」女友一邊接電話，聲線雖然誠懇但眼珠卻一直往後翻。

「我公司話政府準備放寬措施，所以嚟緊要同事返返公司呀，我估你公司都應該會叫返你哋返去㗎喇。你一陣去拎返啲恤衫出嚟，我Send完Email，今日得閒幫你一次過燙定啦。」感覺女友立即進入工作模式。

結果當日沒有把「西班牙打劫劇」看完，也沒有開始看《愛的迫降》，女朋友收到上司的電話後沒多久，陳生也收到自己隊伍將準備全員重回辦公室的指示，「煲劇馬拉松」可謂未開始已經結束。


　　幾天後的一晚，四人相約好到便利店小聚，陳生將仍未看畢「西班牙打劫劇」的委實告訴看更，看更聽後，忽然認真起來問道：「後生仔，咁你睇到啲乜嘢吖？」

　　陳生錯愕：「咪話咗最後乜嘢都睇唔到囉！」

　　「唔係講劇集呀！老實講你咁大個人，你食飯睇又得、坐車睇又得、連去廁所都可以睇㗎！邊個阻到你啫？我係話，呢件事之後你對同你生活緊嘅呢一個人，有無睇到啲乜嘢呀？」話題風向被看更帶向嚴肅。

　　「嗯……俾你咁問，我又唔係好識答喎。」陳生被問的時候，真的有試着去想。

　　「嘩！我雖然係一個保安，唔敢講閱人無數，不過出入呢棟大廈嘅人，見咗咁多次，都總會有啲睇法嘅。你女朋友呢，其實為人都真係幾善良嘅，每次出入見到我，都一定叫聲『叔叔』。」雖然是在誇獎女朋友，但要說看更心裡有本「小氣簿」也不為過。

　　「咁呢啲好基本啫。」陳生回應説。

　　「你鋪話法吖！你知唔知幾多人連基本禮貌都無呀？我唔知係睇唔起看更定係點啦，好多人真係掂行掂過，我同佢打招

呼佢望都唔望㗎！」看更憶起也一肚子氣。「仲有呀，而家肺炎啦，好多人都唔用手開門㗎，一個二個喺度踢，幾難得見到有女仔有手開門之餘，仲會望下後面有無人嚟緊，會頂住度門吓！」

陳生覺得看更説得也不無道理，而且他自己也很討厭用腳踢門的人，接着説：「喂，但係開唔開門同睇劇有咩關係啫？」陳生不否認看更的觀察，但不明白看更何以説起開門的事。

「嗱！搵到一個善良嘅人先同佢一齊，係好緊要嘅。我聽完你講嗰日睇劇唔成嘅嘢，佢自己都好多嘢做吖，都仲記得要幫你燙返你返工啲恤衫，喂，將你放得咁前，睇得咁重要嘅人，你都要識得對返人好呀。嗱！我睇到嘅就係咁多，你自己要好好留意喇！」看更説完拍了陳生的肩膀幾次。

陳生後來也有將女朋友與上司通電話時的「雙面人」故事與看更，和一直在「吃花生」的外賣仔和大學生講，但大家覺得這純粹是一般香港人的基本操作。小聚的最後，大家一致認為陳生不應該「辜負」女朋友的好意，「要有返男人應該有嘅承擔」，以這句説話來總結，看來大家也喝得頗盡興。

過了幾天，看更如常到衞城道的住宅大廈上班，晚上八點左右，陳生的女朋友獨自回家，密碼門甫打開，女朋友喊了一句：「叔叔！食咗嘢未呀？」

看更面露笑容：「未呀，我夜啲先吃，費事宵夜食太多。」

女朋友續道:「係呀,夜晚食少啲好呀。啊!我想問呢,你返工嘅時候,你公司會唔會提供口罩㗎?」

看更未知女朋友用意為何:「唔會㗎,而家個個出街都要戴,返工又點會特登再畀你吖。」

「我都知㗎喇。而家啲口罩唔平呀!要有返咁上下保護嘅都百幾就㗎二百蚊一盒,皮費重咗好多。我呢,最近同啲朋友一齊買咗一啲 KF-95 嘅韓國口罩,想畀一盒你同埋之前見過嗰個紙皮婆婆咋嘛。」看更知道陳生女朋友所說的是幾個月前因為車禍肇事的笑婆婆。

「婆婆佢無做喇!應該去咗享清福啦,做咗咁多年人而家終於有得唞唞。」看更沒有將婆婆的事告訴女朋友。

「原來係咁,唔緊要啦,反正係預咗畀你哋嘅。」女朋友一邊說一邊在手挽袋裡拿出兩盒口罩,「一盒你嘅,另外一盒你睇下留畀接你更嘅同事又好,邊個都好啦!最緊要身體健康呀!」看更這刻更肯定自己沒有看錯人,說道「真係多謝晒你喇」。

「小小意思,軚到喇,下次再講啦!」女朋友半身踏進電梯,突然回頭又大喊一句:「叔叔呀,你下次再介紹另一套劇㗎睇啦!放工之後想睇啲唔使用腦嘅,輕鬆啲嘛!拜拜!」電梯門徐徐關上。

看更看着眼前兩盒韓國口罩,心想:「個人本身咁有心思,就算係想睇嗰啲無腦超現實純報仇無戲搵戲嚟做嘅韓劇,都情有可原啦。」

*I believe 誰亦有為愛犧牲*

*是否就能 能令你做最開心*

Song link

# 7 / 不能說的秘密

二零二零年，六月

　　仍是衛城道一個平凡寧靜的晚上，自從肺炎之後，原本往來堅道的大巴士班次好像也比之前疏落，雖然近日的疫情比之前稍稍緩和，但看更覺得衛城道六號的住客們大多已經適應疫情帶來的轉變，深宵才回家的人已經比之前少了很多。

　　每次看更在「虎鶴雙形蔡李佛」臉書專頁更新自己的劇評後，心裡總是會記掛着帖文的按讚數目和留言，雖然他已經着乖孫設定好，只要專頁有任何Like或留言都會推送到手機的通知中心，但每隔十幾二十分鐘，看更仍想刷新重新載入專頁，事隔多年，這種「心癢癢」的感覺今晚再次來襲，就像當年期待着意中人的回信一樣。

　　「咦！陳生，今晚早返咗啲喎！」住宅大廈大門開啟，陳生放工回家。
　　「係呀，最近同事返返公司，今年會有幾個大啲嘅Project，睇下會唔會中標。舒服埋嚟緊兩個禮拜，之後就忙返啲喇。」陳生樂於與看更分享自己的工作，雖然看更未必知道甚麼是「中標」，但這樣反而讓陳生毫無壓力和顧忌。

　　這時看更的手機響起來，這是臉書專頁有動靜的提示聲！

7／不能說的秘密

可是來福又驚又喜，雖然說他已經足足等待了一整晚，但自己經營劇評專頁的秘密必定要保守好！不可以讓陳生他們幾個知道！

「咦！來福你電話響喎，你聽啦，唔使理我。」陳生說完逕自走到大堂的電梯口。來福眼尾一瞧，電梯停在頂樓，心裡大叫不妙！

「哦！唔係有電話，鬧鐘嚟㗎～」來福隨手拿起消毒噴霧，紮好馬步向門柄噴了幾下，又說：「提醒我記得消毒呀。」

「啊，真係唔該晒，疫情之後你真係多咗好多嘢做。」陳生完全不察覺來福行為有異。

「哈哈哈哈，唔好咁講，大家盡做啦！」來福的語氣十足宣傳抗疫的官方口號。

「係呀！你記唔記得我上次同你提過有個劇評Page嘅，個名好搞笑㗎！叫『虎鶴雙形蔡李佛』呀？」聽到陳生的話題，來福一邊消毒門柄，一邊支吾以對。

「講開又講，我覺得啲劇評真係寫得好好！」陳生一邊說，一邊劃開手機螢幕，「你睇睇呢篇，叫做『一切真人騷，不了！』，呢篇值得同你分享下呀！」陳生講得手舞足蹈，忘記了超時工作的勞累，走到來福身旁續道：「我讀畀你聽吖，佢話：

一切真人騷？不了！因為很危險，很容易會看到爛片！老

實說所謂真人騷都已經看了幾十年，不是嗎？以前你沒看過《鐵人料理》嗎？多年以來，要不是靠英國人主廚不停在節目破口大罵，烹飪真人騷早已看到厭了。現在拍的雖然不是煮食，但充其量只是換成裝修，純粹變了包裝，內容無甚突破，可以不理。

「又好似幾有道理吖～」來福聽着陳生朗讀其劇評，心裡興奮得很。

「未完㗎！跟住仲勁！」陳生看着手機螢幕繼續讀下去：

而現在大行其道的戀愛真人騷，與某類型片種一樣分了「東洋系」和「西洋系」，別心邪呀！阿佛說的可是卡通動畫呀！

「哈哈哈哈哈，又會咁啜核都有嘅～」陳生笑得開懷，不停敲打着大腿。

來福見狀亦大笑幾聲：「哈哈哈！係幾好笑喎！」簡直是演技大爆發。

「佢仲話喎：如果讀者們真的非看戀愛真人騷不可，阿佛給你的最後贈言是，「千萬不要與另一半一起看」，因為沒比較則沒傷害。哈哈哈哈哈！笑死我喇！」陳生笑得眼淚也湧出來，續道：「唔得唔得，呢啲寫得咁好嘅劇評，真係應該畀啲鼓勵佢，

等我Like下同埋留言先。」話音剛落，陳生已經將留言發送：
「警世！富娛樂性！正呀！」

　　此時來福的電話因為收到通知而再度響起，「嘩，乜你咁多個鬧鐘嘅？」

　　陳生問看更的時候，只見他眼神游離，來福再度施展平生所學的演技，閉上眼睛深呼吸，然後說道：「無計啦，老咗無記性吖嘛。啊！轆到喇。」電梯門果然徐徐開啟。

　　「哦，咁我返上去喇，你記得睇呀個 Page，同你啲 Taste 好夾呀！係咁啦，拜拜喇～」電梯門合上，來福站在大堂看着跳動的數字，站在原地呆若木雞，心想：「乜原來由頂樓落大堂，要咁耐㗎咩？」

　　回過神來，抹一把汗，解鎖手機屏幕，果然見到剛剛陳生的留言，來福既驚又喜，到底這個劇評專頁的秘密，還可以保守下去嗎？

*你用你的指尖　阻止我說再見*

Song link

衛城道6號

虎鶴雙形蔡李佛
7.1 小時前 🌐

··· ✕

# 劇評：一切真人騷，不了

疫情期間，看劇的速度幾乎已經追上串流平台更新的步伐，如果讀者還沒看過《權力遊戲》這類長篇劇集，現在正是絕佳的時機追一追。

但要阿佛改看真人騷？不了。因為實在這類型節目實在太容易變成浪費時間的爛片！太危險了！

老實說所謂真人騷都已經看了幾十年，不是嗎？以前你沒看過《鐵人料理》嗎？多年以來，要不是靠英國人主廚不停在節目破口大罵，烹飪真人騷早已看到厭。現在拍的雖然不是煮食，但充其量只是換成裝修做題材，純粹換了包裝，內容無甚突破，可以不理。

而現在大行其道的戀愛真人騷，則與某類型片種一樣，分「東洋系」和「西洋系」，別心邪呀！阿佛說的可是卡通動畫呀！但兩個派別依然是「好鄰居」，「有時你抄下我；有時我抄下你」，情節舊酒新瓶，可以不理。

如果你真的非看戀愛真人騷不可，阿佛給你的最後贈言是：「千萬不要與另一半一起看」，因為沒比較則沒傷害。

片段內的參加者，男的個個要不事業有成，便是有六件腹肌，女的也青春無敵，氣質脫俗。那為甚麼我不去看《神雕俠侶》？

總之！一切真人騷，不了！

PLS CLS，你的留言是我的動力，多謝支持。

 10

---

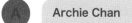

**Archie Chan**
警世！富娛樂性！正呀！👍👍

剛剛　讚好　回覆

Song link

# 8/ 真的漢子

二零二零年，七月

「我估你哋都明㗎，做得夜班，一定預咗㗎啦。」看更神色凝重，又說：「有一次，我巡樓嘅時候，喺地下入較明明撳咗上頂樓，點知，上到半路，較門突然開咗。」

「跟住呢？」陳生、大學生和外賣仔聽得入神，陳生更是急不及待要發問。

「跟住，有一個成身『包到陷』嘅人入較，我喺度諗，究竟呢個係邊位呢？無乜印象。但係你知啦，可能係啲住客着咗啲唔係成日着嘅衫啫。」看更繼續說：「我仲喺度諗緊會唔會記得係邊個嘅時候，點知！點知！佢開聲問我呀！」

「吓！佢問咩呀？」陳生眼睛睜得很大。

「佢話，『兄台，借問此處到結志街遙遠嘛？』，咁我就話：『唔遠，PMQ行落少少就係喇。』我答完佢，較門又開喇喎！」看更繼續講他的故事。

「講嘢係文鄒鄒啲，不過都係正常問路啫……」雖然陳生說完也覺得不太正常。

「嗱！問大學生就知，有無聽過『興中會』呀？」看更說完，看看大學生和外賣仔的反應。

「咁梗係有啦，當年孫中山喺香港去過唔少地方。但係關咩事呢？」大學生疑惑地問。

「哼，奇就奇在，我答完佢問題之後，佢正要出較之際，

突然講多咗一句：『兄台能講洋文，應乃同道。衢雲此際恐遭韃子毒手，身陷險境，倘若安然，必與兄台商討共謀振興大業，告辭。』」看更少有一本正經，又說：「然後我望望趟門外面，竟然係地下大堂！喂，我明明上緊去巡樓㗎喎！」

「唔係吓嘛……」大學生難以置信。

「點解我唔係好明嘅？咁即係有無撞鬼呀？」陳生一臉疑惑，相映成趣。

「佢唔止撞鬼，仲應該撞到啲好出名嘅鬼！佢頭先講嗰個『衢雲』，係興中會嘅楊衢雲，係同孫中山一齊搞推翻當時清朝嘅領軍人物。」大學生頭頭是道，大家也沒有挑戰歷史系畢業生的意思。

「無錯喇，而後來呢個楊衢雲，真係喺結志街俾清朝派嚟嘅人暗殺，所以佢最後都無親眼見到滿清被推翻嘅一日。」

看更說完，大學生接着補充：「而家喺跑馬地墳場，有個得數字，唔記得六幾幾，但係無姓名嘅墓碑，就係屬於楊衢雲㗎喇。唔信？你而家上網睇下吖～」語畢，大學生着外賣仔用手機搜尋。

「唔識寫佢個名喎……」外賣仔無精打采。

「哎呀，你做咩咁無心機呀？」陳生問外賣仔。

「唉！今日白做！仲倒貼喙呀！」外賣仔難掩失望，剛剛結束夜班快餐店速遞員生涯轉到外賣平台FoodFriendo接單便出師不利，又說：「其實咁難咩？點解啲寫字樓人咁鍾意叫珍珠

奶茶,但係叫完唔可以早啲預備定收外賣呢?」大學生聽到,與看更互望一下。

「仲有嗰啲咁嘅米線呀,無人記得自己叫咗咩㗎喎,然後就話送漏咗。咁我哋對單啦,對完就話『啊!係喎!』,唔好意思都無句㗎,阻我時間。時間都唔緊要,累我俾咖啡仔抄牌吖嘛,兩張呀今日……」外賣仔原來累積了一日的怨氣。

「我仲以為今日開始禁堂食,你會好多單,多好多生意㗎。」陳生也替外賣仔很難過。

「其實都唔知係唔係玩嘢㗎,禁堂食就已經無聊啦,只不過係將啲人推晒出街食咋嘛,今日下晝呀,你後面啲長凳全部坐晒人㗎。」外賣仔指着遮打花園的方向,又說:「再唔係嘅,咪留晒喺公司,一次過叫九萬幾碗一模一樣味,叫完自己都分唔出邊碗打邊碗嘅米線囉!」外賣仔怒氣難消。

「喂!你特登約我哋出嚟,有咩畀我哋呀?」看更問外賣仔,順便扯開話題。

「唉!呢個仲激氣!」外賣仔說罷便轉身,打開電單車的儲物箱,拿出幾枝消毒搓手液。「送畀你哋㗎……」眾人也奇怪外賣仔何以突然贈禮,「之前,有人問我阿爸有無興趣夾份代理一批搓手液返嚟賣,話個市而家好缺,食差價都好和味喎。」大家也能聽得出外賣仔的立場是反對的。「結果就係批貨蟹晒囉,而家擺到一屋都係,啲貨多到,紙皮箱疊到天花板咁高,你哋當幫下我。用完就搵我攞,自己唔好買喇……」

大家也不知道該如何反應，心裡只想着「家家有本難唸的經」。

「佢話喎，仲有人撩佢搞口罩喎，不過因為要買機器，所以要四十萬先可以入股，問我有無得借畀佢……大佬呀，我送外賣㗎咋，真係……唔講咁多喇，睇下可唔可以做多幾張單，等今日嗰兩張牛肉乾無咁入肉，係咁先啦，再約。」外賣仔說罷便劃開手機解鎖，再度於送餐平台「上線」。

「好啦，咁下次再講啦！」大學生説完，外賣仔便騎車而去。

陳生看着外賣仔越走越遠，又奇怪何以另外二人似乎沒有離去的意思，仍留在原地。

「來福呀！你有無搞錯呀！扯開話題嘅技術簡直係差呀！」大學生這一說嚇壞了陳生。

「喂！我好歹都作咗個鬼故喎，外賣仔平時最鍾意聽呢啲嘢㗎啦！」看更反駁説。

「吓，假㗎？咁你又講得幾真喎，又有啲歷史嘢咁。」陳生覺得有點不可思議。

「好彩我即刻睇《十月圍城》套戲咋，唔係無端端邊個記得楊衢雲呀，個『衢』字都唔會識要讀『渠』啦！」大學生原來為了串通看更，特意看電影惡補。

「仲話歷史系畢業，呢啲香港歷史都唔識。」看更不忙搶白幾句。

　　「我讀西史㗎……再講吖，香港人有幾多識得尊重本土歷史吖，你睇下啲保育搞得幾差你就知啦！全部得返個殼，裡面變晒餐廳同商場。」大學生對香港的古蹟保育政策頗有意見。

　　「不過佢阿爸單嘢又真係幾惡搞……」陳生說完也若有所思。

　　「佢之前都有同我呻過㗎喇，同埋……你哋都知啦，以前海味舖單嘢。佢話喎，佢阿爺唔開心到返咗鄉下住，而佢阿爸就好想威返次咁囉。」大學生憶起當日「般咸道外賣事件」。


　　外賣仔的身世話題令幾人在遮打道和昃臣道交界多聊了一會，大家也感慨他其實很懂事，一心希望趁外賣行業需求量大的時候由快餐店轉到送餐App，希望可以憑自己的努力和勞力多賺錢，但身邊卻發生太多不可控制的事情。這也讓陳生在回家的路上反覆思量着外賣仔的事。

*做個真的漢子　承擔起苦痛跟失意*
*投入要我願意　全力幹要幹的事*

Song link

衛城道6號

二零二零年，八月

「快啲啦！就嚟開始喇！」夜裡不便作聲，外賣仔只好向着馬路對面的看更和陳生大動作招手，身旁的便利店大學生店員雖然內心焦急，卻強忍住動作，免得看更和陳生情急跑過來會受傷。

「哎呀！仲出緊場，未有耐開波啦！」看更喘着氣説。

「究竟幾時先會有返現場觀眾㗎，你睇下！成個球場空謬謬，足總盃決賽喎～」陳生不是標準球迷，顯然對體育新聞不太敏感。

「打得返，有得睇已經好好喇，之前連波都停埋，星期六日悶到我吖～」外賣仔繼續注視着平板電腦的足球直播畫面。

「啊！係喎來福，你落嚟睇波唔喺座頭，俾人知道會唔會炒咗你嚟？」大學生此言一出，幾道視線一致向陳生這位住客投去。

「通常你返到屋企而見唔到看更，一係就覺得佢去咗廁所，一係就去咗巡樓，唔會覺得佢係去咗睇波㗎喎～因為佢如果真係要睇，直頭就會喺個位睇，不需任何掩飾～」陳生似乎擊中要害，看更一時間來不及反應，外賣仔和大學生也咧嘴而笑。

「而家咁嘅時勢，夜晚邊有咁多住客出入吖，集中精神睇波啦！」看更只想盡快完結這個話題，望向陳生又説：「係喎，畀咗佢哋先啦，唔係一陣唔記得就好笑喇。」

「等我開返我哋個WhatsApp group睇下先⋯⋯」陳生說畢，便打開手提旅行袋，把網購的貨物分給外賣仔和大學生。

「我覺得我哋呢個Group埋一齊喺TT Mall訂口罩嘅方法幾好，唔使排隊、唔使周圍搵，仲供到你做埋VIP有折，實在太堅喇。」

「唉，早幾個月仲周圍搵，跟手又叫我哋去郵局攞，攞到啦，樣衰到『阿婆底褲』咁都唔緊要，防唔到病毒嗰下先慘，點戴吖你話？」每當提起口罩，看更都十分動氣。

「哎呀！咁快失波呀阿仙奴！」大學生應該是兵工廠的球迷。

「呢啲後防就係『唔完美，可改善』囉，車路士就勁喇，行動迅速，當機立斷，唔會乜嘢都慢半拍。」外賣仔總喜歡語帶雙關。

「話時話，點解你會鍾意阿仙奴嘅？2000年打後幾年，阿仙奴最勁嘅時候，你都唔知有無三歲，佢都仲讀緊中學。」看更的手指着陳生，滿臉疑惑的問大學生。

「因為我唔係勝利球迷囉，我好有原則㗎，唔會邊隊攞冠軍就支持邊隊。」看着愛隊落後的大學生認真回答。

「我就無你哋咁熟，不過如果鍾意嘅球隊贏唔到冠軍，你哋唔會覺得好無癮㗎咩？將情感投放同埋連結喺啲控制唔到嘅嘢身上，好似無乜保障～」陳生繼續以非球迷的角度發言。

「係，我明，之前勁過唔代表之後都係咁勁，但係如果連

試都唔試，一落後就打定輸數，邊會有睇到改變嘅一日呢？」此話來自大學生，對身旁幾位比他年長的人來說似乎有另一番意味。

「我就中立嘅，總之有波睇就得，理得你以前勁唔勁，而家夠好睇就得啦！」外賣仔的投入程度好比置身現場，雖然球場內沒有一位球迷。

「啊！之前好多人都會好奇球場咁多觀眾咁嘈，球員到底聽唔聽到教練喺場邊嗌乜？依家無晒啲球迷，咪無呢個煩惱囉。咁你覺得教練會情願好似之前咁，定係好似依家喺氣泡入面咁？」看更思索道。

「梗係好似以前咁啦！」陳生搶着回答，「氣泡喎！仲少人過我喺修頓自己打啦，有觀眾氣氛熾熱咁多，追波都落力啲啦，你話係咪喇。」邊回答邊將目光轉向大學生。

「我以為你淨係會講無現場觀眾就無錢咪，估唔到你又講得幾啱喎。」

「嘩～即係咁，呢個世界就講供求嘅。有人叫外賣，就有人送外賣。假設球場無現場觀眾，啲人自然識得喺電視睇轉播，啲球會都有得分轉播費㗎，所以唔係錢唔錢嘅問題。」

外賣仔這番說話思維太跳脫，令到看更忍不住追問，「咁即係點呀？」

「即係話，你要啲球員識得喺無現場觀眾嘅之下比賽而又覺得無問題，就即係永遠都唔好俾佢哋喺有觀眾嘅時候踢波

囉！」

「唔使起球場，慳好多地㗎！但係得咩？」陳生插嘴説道。

「北韓啲電視都播到自己世界盃贏巴西啦，有時啲大話唔使講一百次先會變真嘅。從來都唔知乜嘢係真，就講咩都係真㗎喇。」今次外賣仔的看法，出其不意地令他人都折服。

「但係如果從來都唔知真實係乜嘢，唔係好可悲咩？」大學生繼續回應。

「悲就唔悲嘅，」看更説：「不過出到外面個世界，就會俾其他人覺得可笑囉。」

「可笑？對住啲成世住喺山窿嘅人，苦笑就差唔多，都唔知個世界發生緊咩事。就好似政府總部啲人咁吖，全香港嘅人依家先知原來佢哋個個都係帶飯返工㗎，唔係又點會諗到『全日禁堂食』呢啲絕世好橋吖～」雖然這個措施已經結束了一個多月，但每次陳生提起都依然掩蓋不到他的憤怒。

「唉～算吧啦，後生仔，同離地嘅人計較好傷身㗎。」看更嘗試安慰着陳生，希望可以息事寧人。

「但係依家夜晚都係禁堂食㗎喎。如果我哋依家喺度一人叮一隻雞脾，喺便利店入面食又算唔算堂食呢？」外賣仔突破盲點。

「便利店都唔係表列處所。不過咁，其實依家多過兩個人企埋一齊都可能會好煩㗎。你咁鍾意睇波，我勸你都係靜靜地睇啦，唔好講咁多嘢。如果真係有人嚟查，睇舖嗰個喺度就好

衛城道6號

75

合情理吖，到時最多我抵諗啲我返上樓，你哋兩個繼續睇。」陳生顯然是四人中對足總盃最不關心的那一位。

「話時話，嗰陣時SARS係持續咗幾耐㗎？今次應該都差唔多啦，可？」對於大學生的疑問，另外三人都覺得合情合理。

「幾個月囉！」看更回應道，「好似話夏天溫度高就影響咗佢傳播咁。」

「唔好人講你就信啦～」外賣仔說，「不過依家連波都踢得返喇，應該又真係好快會完嘅。你睇下阿迪達，中完之後仲嗌得咁大聲，好快無事㗎喇。」恰好此刻阿仙奴入球追和，畫面直播着鏡頭阿仙奴領隊阿迪達慶祝的一刻。


四人最後相安無事看畢整場球賽。大學生很高興自己支持的球隊能夠贏得冠軍，大家亦帶着團購的物資離開，皆大歡喜，心裡面期盼着疫情早日完結，能夠歡度聖誕節的畫面。


*直到你我也成家　未必再需要大家*
*就算四散我們四個　同樣像披頭四吧*

Song link

衛城道6號

二零二零年，九月

　　今天是外賣仔的假期，晚飯後，他坐在家裡的飯桌旁，抬頭一看，飾櫃頂有一瓶老干邑。那瓶酒已經在櫃裡三十餘年，多麼熟悉的風景。歷經數次搬家，從般咸道到現在香港仔，那瓶藍藍綠綠的干邑仍然原封不動。爺爺跟外賣仔說過，那是當年為了慶賀「抱孫」而買的，希望將來乖孫成年的時候開瓶，可是如果乖孫「頭毛」不夠，就乾脆立即開了它，塗抹在頭皮上刺激生長。

　　當然那只是個玩笑。

　　未待外賣仔成年，家人決定結束家族海味店，之後的事就沒有人再多提了。不知道爺爺是覺得內疚還是羞怒，決定回鄉定居，留在香港的就只餘下外賣仔與雙親。外賣仔的爸爸承繼了家族愛「杯中物」的遺傳，可是那瓶老干邑卻像個不可觸碰的禁忌，大家也看到，只是不會提起。

　　「點呀，上次我同你講整口罩嗰單嘢，你有無興趣呀？」外賣仔的爸爸坐在沙發上向飯桌的方向講，但對方似乎沒有回應的意思。

　　「今次真係穩賺喎，你睇下條街，個個都要戴口罩，一人

一日兩個，每日要幾百萬個㗎！」爸爸鍥而不捨。

「其實你有無認真揀下朋友？」外賣仔冷漠地回答，爸爸默不作聲。「次次都係話穩㗎，咁有邊次係真㗎呢？如果真係得，真係發達，就唔係而家咁嘅樣啦。」有時候沒有語氣的話反而來得最赤裸，也最傷人。

「之前唔得，唔代表以後都唔得㗎嘛？」爸爸抖擻了一下精神再說。

「你望下個飾櫃，見唔見到啲消毒酒精呀？你上次啲貨仲未散晒呀，差啲堆到掂到天花板，你點解唔肯接受教訓呢？」外賣仔今次稍微提高了音量。

「教咩訓啫，我唔會認命㗎喎！邊度跌低就邊度起身！」爸爸也不客氣地回擊過去。


父子倆沉默了片刻，唯一的聲音是來自廚房的水龍頭，外賣仔的媽媽在洗淨碗碟。


「而家九月喇，第三波完咗喇，全部人都開始搵方法投入返以前嘅生活，點解係得你仲走去整口罩、賣搓手液呢？」看着仍堆在飾櫃前，盛滿搓手液的紙皮箱，爸爸一時之間也不懂回答。

「你難得而家有份工，不如你畀心機做好啲，唔好成日發夢啦。仲有呀，我有我自己想做嘅嘢，我想搵啲嘢讀，而家度

衛城道6號

79

度都講證書，嗰啲都要用錢㗎。你要企起身還你企起身，唔好再拖我哋落水。」外賣仔說的時候，腦海浮起小時候曾經有人登門追債的畫面。

「唔畀錢唔好咁多嘢講！我自己搵辦法。」爸爸一臉不屑。

「你唔好再去借錢呀，我警告你，你再……」外賣仔正要繼續說的時候，聽見廚房的水喉聲停止了，硬把掛在唇邊的話吞回去。

「好喇好喇，唔好再嘈喇。難得夜晚唔使做嘢可以一齊食飯，靜靜地睇下電視啦。」外賣仔的媽媽手中捧着幾個已經切好的蘋果，「嚟，食生果啦。」


自從上年的事之後，外賣仔已經沒有看這個電視台的節目了，他覺得盡是些粉飾太平的爛節目不看也沒可惜。恰巧今晚播的是長壽劇集的第一千集，角色在討論拍全家福。外賣仔本能反應一般望向飾櫃，原本放全家福那一層都被紙皮箱擋住了。


「有無搵下阿爺呀？」媽媽邊遞上蘋果邊問外賣仔。

「有傳下訊息咁。」外賣仔回答媽媽的語氣溫柔得多。

「得閒就覆下屋企個群啦，有時啲長輩都有問下你點。」外賣仔聽見後點了點頭。


爸爸也很給臉太太，自從媽媽從廚房出來後，也沒有將剛才未完的話題延續下去的意思。

「爸爸你去沖啲茶啦，我想飲但係唔夠高攞茶葉。」聽見太太的吩咐，外賣仔的爸爸也立即動身進廚房去。

「頭先你話想搵啲嘢讀，想讀咩呀？」媽媽支開了爸爸，才「靜靜雞」問外賣仔。

「我想讀啲同老人護理有關嘅嘢，等將來可以唔使靠揸車。而家轉咗去外賣平台度送，希望接多啲單，快啲儲夠錢。」外賣仔第一次向媽媽提起有關進修的事。

「我哋兩個都讀書唔多，真係唔識教你。總之你覺得啱嘅，就去試啦。」媽媽說完吃了一塊蘋果。

外賣仔抬頭看看爺爺的老干邑，想念着他慈祥的笑容，現在除了希望他老人家身體健康，待邊境重開時共聚天倫，別無他想。

*前路哪怕遠只要自強　我繼續獨自尋路向*

*常為以往夢想發狂　耐心摸索路途上*

Song link

衛城道6號

# 11/ 蒙着嘴說愛你

二零二零年，十二月

「你而家出門口噃？」女朋友問的時候注視着手上的Sweech 遊戲機。

「係呀，你會唔會想一齊嚟？佢哋都幾搞笑㗎，看更你認得啦，仲有便利店個……」女朋友打斷陳生尚未完成的邀約又道：

「唔喇，我約咗班Friend今晚喺《動動森林會》倒數睇煙花呀！」女朋友充滿期盼的聲線令陳生明白自己在除夕夜已經淪為第二。事實上陳生早已經預備好香檳，若非女朋友要在遊戲上網聚，他寧可靜靜在家裡渡過。

「好啦，咁我落去喇……」陳生用力以最若無其事的語氣回答。

「我裝好咗啲氣炸燒賣㗎喇，仲有攞埋口罩畀你，你落去嘅時候記得攞埋喇。」女朋友說話的時候目光仍然離不開Sweech的螢幕。

「唔該，咁一陣見啦。」陳生說罷，帶好口罩便拿着已經包裝好的氣炸燒賣出門。

沿着衞城道走下斜坡，離遠已經看到外賣仔和看更早已經到達，正在捉小精靈打發時間。

82

「最遲係你喎，預備咗咩嘢食嚟送酒先？」外賣仔盯着陳生手挽袋內的食物盒。

「都唔係啲乜特別嘢。」語畢，陳生打開盒蓋。

「嘩！個樣好得喎！不過一睇就知係氣炸鍋整㗎囉……」外賣仔似乎有一點失落。

「你帶嚟嘅嘢食又何嘗唔係炸㗎呢？仲要係快餐店嘅舊同事炸，而唔係你自己炸嘅～」看更似乎要為陳生抱不平。

「唉！我哋楝樓呀，淨係聖誕同埋除夕，收外賣收到夜晚十點呀陰功！」看更對陳生說。

「望住我做乜喎，又唔係我開Party。」陳生苦笑說着，又反問看更：「咁你帶咗乜嘢嚟送酒呀？」

「哼，係外賣界經典中嘅經典，雖然歲月不留人，但係呢樣食物嘅味道絕對經得起考驗，咁多年都Keep到水準！」說罷看更打開帶來的食物盒！

「來福，唔係呀嘛，你當我哋細路咩……帶菠蘿腸仔？而家小學旅行呀？」外賣仔作狀顯得不滿。

「後生仔，做人就要細緻一啲，菠蘿腸仔雖然唔係啲咩有創意嘅嘢，不過勝在乾淨，每次大家食嘅時候，連公筷都唔使用，直接連牙籤撳，喺而家呢啲時候簡直係最適當嘅選擇。最重要嘅就係，我個孫整嘅～」看更每次提起孫子也難掩喜悅。

衛城道6號

此時一股香氣迎面飄來，大學生拿着他準備的食物向幾人的方向走過來。

「喂，年青人，你喺便利店做，都無話將啲即食叮叮嘢倒擺個玻璃食物盒入面就話係自己整㗎嘛？」看更其實對大學生手中的食物充滿期待。

「嗱，我就唔打算呃你哋喇，呢啲咖喱係我阿媽整嘅，裡面有魚片頭同埋魷魚。」大學生說。

「嘩……好、好食到犯晒規，你哋快啲試吓！」陳生強忍着熱燙的感覺說。

從最初交換消息，到後來交換物資，也許他們也沒想過，這個奇葩組合竟然成為了好友，四人邊聊邊將帶來的食物清得乾乾淨淨。

這時外賣仔看着大學生，鼓起勇氣問道：「其實呢，我想問好耐㗎喇，但又唔好意思，不過見你啱啱提起先，你同你屋企餐飯點呀？」

「哦～係呀，早幾日做冬返咗去食飯，係一九年中秋之後第一次返去。唔……都無咩特別，係我老豆講嘢嘅時候唔會點望住我咁囉。」

「點解會無啦啦決定返去嘅？」説罷，看更吃掉最後一口咖喱。

「係我女朋友約嘅，佢同我阿媽約好咗，咁咪返去睇下佢哋囉，佢嗰日都有一齊返去㗎。」

「佢同伯母有見過㗎？」外賣仔接着問。

「有呀，畢竟我哋係中學就識，所以佢哋都有兩句嘅。」

「嗱，阿仔，呢啲女仔真係娶得過呀！屋企嗰兩個女人如果唔會火星撞地球，生活就會美滿得多！」看更以過來人的姿態分享着。

「係呀，如果你唔打算同人行落去，不如你介紹佢畀我啦！」外賣仔説笑道。


大學生若有所思地邊聽着，邊收拾眼前的垃圾，看更看準時機，轉過頭望着陳生問道：「你呢？你又點呀？」

「我？做咩望住我呀？」

「雖然我唔知你同你女朋友一齊咗幾耐，又唔知你哋一齊住咗幾耐，但係我平時見佢個人都幾好，幾有禮貌吖，又會開門俾其他鄰居，呢啲女仔係香港越嚟越少㗎喇。」

「吓，唔係呀嘛，佢呢啲都叫少有？」陳生沒想到突然變成被討論的主角。

「後生仔，有時啲嘢呢，要睇得細緻一啲。嗱，你睇下你帶嚟呢兜氣炸燒賣，雖然只係氣炸，但係我哋都食晒，知唔知點解？就係因為佢加咗七味粉。我相信如果唔係因為佢呢幾下

七味粉，我哋都唔會覺得佢特別好食。」

「係呀，」外賣仔貫徹一向附和的口吻，「加咗七味粉真係好味好多，」邊說就邊將最後一顆燒賣放進口裡，望向陳生問道：「咁你即係有無諗過喋？」

「又唔係無諗過嘅。尤其係今年，最初大家都以為今次肺炎會好似沙士咁，幾個月乜都完啦，點知依家都已經『幾個』幾個月喇！過去呢段日子令到我對人生、工作都有一啲新嘅感受。我以前其實真係覺得我自己可以唔結婚，但係自從疫情之後，我覺得結婚其實對我同佢都應該會係開心嘅，畢竟而家成日喺屋企，日對夜對，但係都相處得好好。」陳生自個兒盡訴心聲。


「嗱，唔好話我唔幫你喇！拎住啦！」外賣仔向陳生遞上一個汽水拉蓋充當指環，「一陣拎呢個上去啦！」語畢便拍拍陳生膊頭。

「乜你咁老套喋……」陳生卻仍然將拉環放進褲袋裡。

「喂，原來唔經唔覺已經過咗十二點，新年快樂呀！」大學生突然看看手錶說道。

「唉，以前呀，一過十二點呢度好熱鬧喋！好多人會喺條街到互相嗌新年快樂，Happy New Year喋。今年因為疫情，真係好冷清。雖然個個都有House party，收外賣收到好夜，但係因為再無通宵車，個個都好乖咁食完嘢就返屋企，真係有啲唔慣。」看更既感慨又失落。

「唔係吖，靜靜地過其實都幾好吖。」陳生回應道。

「咦？食晒喇啲嘢？咁無喫喇，走喫喇？」外賣仔問眾人。

「得啦，成日都見！下次講啦！」大學生邊說邊目送這群街坊好友離開便利店，而陳生就在回程途中深思着剛才與他們的對話。

提着空空的食物盒，陳生打開家門，女朋友正敷着面膜低着頭專注着遊戲機的畫面。

「返嚟喇？」女朋友邊說，但雙眼依然未有離開Sweech。

「係呀，你開完Party喇？」

「我依家喺Yvonne個島度，睇咗一次煙花，帶咗好多道具去呀我！一陣就到佢哋嚟我個島度，我哋想去晒咁多個朋友個島，咁就可以睇好多次煙花喇！」雙眼依然全神貫注在繽紛的遊戲機畫面。

「喂，不如你唔好去住吖，我有啲嘢想講呀。」女朋友好奇陳生何以突然認真。

「不如我哋結婚咯？」陳生鼓起勇氣問。

女朋友愣住了，視線卻終於離開遊戲機，緩緩望向陳生，「做咩⋯⋯咁突然呀？」

「其實無咩特別原因嘅，我一向都有咁嘅打算……特別係今年經歷嘅事，令我感受真係好深，有好多人同埋事，都唔係必然，如果可以嘅話，我想俾你知道我會好好珍惜而家有嘅嘢。」

女朋友回應道：「同你一齊五年，你講感受嘅時候次次都係殷殷妱妱，今次講得咁順，應該都真係……諗咗好耐。」陳生聽到女友的説話，似乎沒有要反駁的意思。

「咁即係如果我應承你，都唔需要有咩特別原因㗎啦？」陳生隔着面膜也能看到女朋友説話時的笑容。

陳生報以微笑回應，並從褲袋取出外賣仔提供的汽水罐拉環：「呢個道具咁假，不如我哋聽日一齊去揀過隻真㗎啦！」説罷便到雪櫃拿出一早預備的香檳。

*花半秒唇齒功夫　使淡靜歲月變豐富*
*即使要蒙着我嘴　我亦可高呼*

 Song link

衛城道6號

# 12/ 永遠很近

二零二一年，一月

雖不至酩酊大醉，但一瓶香檳對兩個人來說有點多。快到
元旦日中午，陳生和女朋友才睡醒。二人約好今天要去選戒指，
老實說陳生不覺得自己是個浪漫的人，他不會知道女朋友的戒
指要戴幾號，他也不能夠太投入情侶之間的儀式感，戒指嘛，
還是一起去買，確保不會買錯款式和尺碼。

今天天氣清涼，正午才只得十五、六度，二人遂選擇走路
到金鐘的商場去，今天女朋友牽手的時候好像握得比平常緊。
推門進入商場，室內冷清得讓人感覺淒涼，或許月前「跳舞群
組」的大型爆發令大家的戒備依然很重。

「其實點解你會噚晚講嘅？唔好誤會呀，我唔係要反口。」
女朋友既好奇又緊張地問。

「唔……覺得你可以好可靠咁一齊行埋人生餘下嘅日子囉，
唔，有咁嘅感覺。」陳生始終不善辭令，只是女朋友已經習慣
了，也不會覺得陳生結巴是因為他不夠肯定。

「乜你講到好似好快會死咁？哈哈!」女朋友還拿陳生的話
開玩笑。

「唔係呀，我意思係，可以好安心咁生活同埋互相支持，
一齊經歷將來嘅日子。你知唔知點解我想去金鐘個商場呀？」
戴上口罩，顯得陳生問問題的時候眼睛睜得大大的。

「唔知喎，天氣好想散下步？」女朋友始終猜不到。

「因為金鐘呢個商場係我覺得香港數一數二嘅，從建築嘅角度去睇。」陳生説畢剛好推開入口的玻璃門。

「其實點樣去睇一個商場係好定係唔好呢？」陳生的評語點燃了女朋友的好奇心。

「對於一般人嚟講，可能『有乜嘢舖頭』係最重要，但係喺決定『有乜嘢舖頭』之前，其實個商場本身嘅佈局同埋規劃都好重要。以金鐘呢個商場為例，佢有好幾個好獨特嘅設施，例如法院入口、幾個酒店嘅入口、戲院、百貨公司、大型超市、鐵路站等等。最理想嘅，就係將呢啲設施嘅距離拉遠，令嚟到商場嘅人喺來往呢啲設施嘅時候，經過兩個設施之間嘅店舖，咁就有條件可以令到個商場嘅租值提高，亦都可以吸引到更多有叫座力嘅品牌承租商場嘅店舖。」關於自己的工作，陳生説話難得流暢。


「原來有咁嘅考慮㗎……」女朋友被陳生的認真感染到，又問：「咁差唔多一年之前，你話要去前海，嗰次係幫商場畫圖？」

「嗰次唔係商場咁簡單，係連埋商場成塊地皮嘅規劃。其實我畫商場設計喺公司裡面係幾好嘅，嗰次係我第一次有機會參與埋商場大樓以外、附近 Urban planning 嘅 Project……你唔會仲有唔開心㗎可？」陳生問完遲疑了半秒。

「有啲㗎～所有一陣我會揀隻粒石大啲嘅～」聽到女朋友的回覆，陳生心頭的大石卻放下了。

「其實香港咁多地產商，你有無曾經打算入去做㗎？」女朋友延續她的好奇心。

「咁就梗係有啦，不過諗深一層，我覺得唔係好啱我。」陳生回答的時候想起以前思想掙扎的畫面。「畫住宅……要幫公司賺到好盡㗎，我覺得建築同埋設計，前提係要令人受惠，所以我想做啲唔畫咁多商業項目嘅公司，我希望自己嘅工作同埋 Design 可以令人嘅生活過得更加好。」這是女朋友第一次覺得陳生原來有這樣一個建築師的抱負。


「你呢？之前你幫公司搞 Work from home 咁辛苦，公司有無啲乜嘢表示？係唔係你最想做嘅嘢？」陳生很少聊到女朋友的事業。

「其實我最近都心大心細。因為之前幫公司搞 Work from home 同埋啲 System 嘅搞得 OK，最近有人挖我角，老實講我做 Admin 嘅，如果老細 OK 又夾得到，都寧願定啲。不過聖誕前我收到一個問我有無興趣轉工嘅 Email，有間公司咁啱有人退休，順便想搵一個人過去 Update 埋佢哋個 System，所以就問我有無興趣。」陳生聽到女朋友這樣講有點內疚，覺得自己平常關心她不夠多。「我而家仲考慮緊，究竟係想穩定咁繼續而家份工，定係加人工，走去新環境接受新挑戰……我都仲未有答案。」說到這裡，二人走到卡里亞珠寶店的正門。「不過戒

指呢，我就唔會心大心細，會買一大一細，你嗰隻就……無石都OK啦？」女朋友難掩興奮。

「難得你目標咁明確，就你話晒事啦。」陳生牽着女朋友的手，走到櫃檯挑選他們的結婚戒指。

*談永遠很遠　不如談這一剎*
*宇宙太複雜　專心把住這最渺小一刻*

Song link

衛城道6號

# 13/ 我們都是這樣長大的

*二零二一年，三月*

　　戒指是選好了，陳生和女朋友還得決定婚宴的場地，雖然兩人也傾向不鋪張隆重，但雙方的家長還是希望可以辦場囍事。二人各自與家長商討完並計算一下人數，十四圍賓客必不可少。

　　三月份星期六的一個中午，陳生和女朋友帶着兩位的媽媽來到尖沙嘴海傍一家酒店，也是他們心儀的場地，待媽媽們首肯便可敲定。兩位家長首次見面格外客氣，互相稱許對方的兒女一番，讓陳生和女朋友自己也覺得有點不好意思。說到這次「見面」，其實兩位媽媽今次只看到了對方戴着口罩的樣子，嚴格來說未見過對方的「廬山真面目」，在街上遇見或許也不會認出。

　　四位到酒店「勘察場地」大概三十分鐘，酒店的經理用了很多時間解釋因應防疫措施而需要設置的安排，每一句話開端也用了「萬一」，與陳生向客戶解釋設計藍圖時如出一轍。離開酒店時，兩位媽媽繼續客氣，互相叮囑對方保重，女朋友與未來外母說要到佐敦附近看看裙褂，陳生則與媽媽則到中環荷李活道方向。

　　「我哋去食啲嘢，之後去文武廟揖一揖啦，你哋無特登擇日，所以你要自己同觀音講聲呀。」陳媽媽邊走邊說，健步如飛。

二人走進荷李活道文武廟附近一家冰室，對陳生而言，這個地方不是一般的茶餐廳，每逢家裡有大事，總因為要到文武廟「還神」而光顧這家冰室。對上一次與陳媽媽來到這兒，已經是幾年前，當時陳生搬到衛城道半年左右，一個晚上突然收到電話，說爸爸因為心臟出問題緊急入院，心臟科醫生連夜被召回手術室，為爸爸三條心臟血管放入支架。陳爸爸在深切治療部留院約一個星期，是陳生這輩子出入醫院最頻繁的日子，ICU的繃緊氛圍至今難以忘記。

不知道和還神有多大關係，陳爸爸手術後的恢復進度理想，持續三十幾年吸入尼古丁的習慣也一下子戒掉了，因為冰室會令他憶起家的味道，陳生漸漸成為了的常連熟客。

「靚仔，係唔係常餐照舊？」冰室的姐姐親切的問。

「等陣先，今日想試試新嘢。」陳生也面帶笑容回答。

「你成日嚟㗎咩？」陳媽媽心裡疑惑，因為陳生自小不太喜歡茶餐廳食物。

「中環食嘢貴嘛，所以多咗嚟呢度囉。」陳生沒交待成為熟客的原因。

「是但啦，試試你個照舊啦。」陳媽媽也抱着好奇與期待。

「記得填資料喎！或者你鍾意嘅就掃一掃個碼啦！」冰室姐姐邊走邊說，向水吧走去。

衛城道6號

「係喎，差啲又唔記得。唉而家真係好鬼煩，又填資料又話封區！嗰日呀，你姨媽藍田嗰度先突然話封，嚇鬼死佢。」陳媽媽一邊說一邊將填好的個人資料放入收集箱。

「哈哈，咁屋企咪會突然間多咗啲罐頭同公仔麵？一封政府就派呢啲。」陳生記得電視新聞的畫面。

沒多久，冰室的姐姐將陳生「照舊」的豬扒米和鮮油多放到餐桌，陳媽媽看到眉頭一皺：「衰仔，偶爾食下好喇。」

雖然這家茶餐廳不及佐敦有名的「光速餐」，然而茶餐廳本身就有一種神奇的魔力，總能令食客不知不覺間也提升了用餐的速度，才不到二十分鐘，陳生和媽媽的餐桌上只餘下兩杯熱奶茶。

「最近有無睇新聞呀？加拿大話有救生艇喎。」陳媽媽問畢喝了一口奶茶。

「都唔關我事啦，畢業五年內嗰，我都做咗十年嘢啦。」陳生其實對媽媽提起移民的話題顯得有點不安。

「咁英國呢？或者其他地方呢？你會唔會考慮呀？」陳媽媽今天似乎有備而來。

「無呀，將來如果有小朋友先再考慮啦。」明顯這是個「標準答案」，對於外國近月移民政策的消息，陳生和他年齡差不

多的朋友其實非常留意，每次和朋友們對「留不留在香港」的討論到尾段，得到的終結總是若然沒有打算有下一代，似乎還沒有移民的逼切性。陳生也覺得有一點可悲，明明四十歲以下是最有條件為自己的事業和夢想拼搏的年紀，偏偏短短三十幾年人生，便要經歷兩次移民潮，一次九七前，一次在一九後。

　　「咁你以前呢？有無曾經打算過走㗎？」陳生倒轉反客為主，回想起來，自己從來沒有問過父母親以前有沒有移民的計劃。

　　「點會無吖，周圍個個都諗，個個都講，自己點都會諗下係唔係適合嘅。」陳媽媽回答得很淡定。

　　「咁點解最後無走嘅？」陳生問的時候眼睛睜得大大的。

　　「記唔記得有一年我哋去澳洲旅行呀？你好似係一定係二年班。嗰年去到澳洲其實有特登留意下你會唔會唔鍾意，哈哈哈，我仲記得你又唔係好驚同啲外國人講嘢，仲自己去買汽水飲，其實反而係我嚇親。後來同你阿爸真係認真傾，因為我唔識揸車，而喺外國無車就好似無咗對腳咁，所以決定唔去囉。」陳媽媽回顧二十幾年前的往事時輕描淡寫，續說：「後來你去英國讀書，中六開始，一去就差唔多七年，嗰時我會記得返你細個去外國旅行唔驚同外國人講嘢嘅畫面，嗰幾年真係有啲啲怕你畢業之後會唔想返香港。」

　　「你無同我講過嘅？」陳生沒想到移民的話題反而牽引出媽媽的心聲。

「好難開口嘅，唔通話『你畢咗業一定要返嚟呀！』咁咩……我記得有一次，你喺英國嘅時候打電話返嚟，好開心咁同我講，話你參加咗一個教堂嘅畫畫比賽，幫一個主教定係牧師去畫返個樣放喺教堂，竟然贏咗，仲同我講話教堂會一路將幅畫擺喺教堂裡面。嗰次係我最有印象，覺得你會選擇留喺外國嘅一次。」陳媽媽的笑着說。

「係幾耐㗎，嗰次係幫一個已經死咗好多年，得木雕畫像嘅Priest畫畫像，咁佢哋就可以掛返喺教堂裡面。」十五、六年前的事，陳生說起還是很自豪。

「有時候就係咁，去到第二度，如果你搵到令你開心同埋令自己覺得有價值嘅嘢，你就會適應到。九七之前都有好多人走咗，但係之後又返返嚟，佢哋可能就係搵唔到令自己獲得肯定嘅方法，融入唔到生活。不過去到你哋嘅Generation又唔同，你哋試過喺外國生活，淨係語言已經好過我哋嗰個年代嘅人啦，我係想同你講，如果你以後真係想移民嘅，認真衡量過係OK嘅就實行啦，我同你阿爸就好難去外國嚟喇，應該唔會習慣到，但係你唔同，如果你覺得係正確嘅，就放膽去做啦。」陳生本來以為媽媽最初帶出移民話題，是希望他不會在結婚之後離開香港，沒想到媽媽竟然說出這樣的話來。

「咁我都無呃你，而家真係無打算走，之後嘅嘢就之後先再算啦。不過聽完你咁講，唔知點解安心咗。」陳生說完，喝完最後一口奶茶。

才不到四十分鐘，陳氏母子吃罷常餐還有如此「豐富的甜點」，茶餐廳果然是個會莫名提高效率的地方。二人戴好口罩，緩緩向荷李活道文武廟的方向走去。陳生向觀音合十的時候，除了祈求婚禮的事情能夠順利，回想剛剛茶餐廳裡的片段，也默默希望父母能夠身體健康。

*逃離總有逃離空虛*
*時而走近時而遠去*
*誰散與聚　都居於心裡*

Song link

# 14/ 我的麻煩男友

*二零二一年，四月初*

「講咗喇？」大學生的女朋友眼珠骨都骨都轉動着。

「係呀。」大學生回答時一邊在貨架補充薯片。

「咁老闆有無話咩呀？」女朋友繼續問。

「無特別喎，話會盡量喺我走之前搵人囉，如果唔係就可能佢自己落返嚟睇舖，咁囉。」大學生說罷站起來，準備回到便利店門口的收銀櫃檯，今年是他大學生涯的最後一個學期，而且最近他開始了為就職面試準備，所以也接受了女朋友的建議，放棄在便利店的夜班工作，調節生理時鐘和習慣，讓自己在面試時更精神，表現更好。

女朋友也欣喜他接受了建議，所以在大學生「掌櫃生涯」的倒數階段，只要時間許可，她也會帶着自製的宵夜來與大學生「一起看舖」。

「喂！估下今日我整咗咩宵夜？」女朋友把食物盒放進便利店微波爐，並調校了三分鐘翻熱。

「嗯……大前日係可樂雞翼，前日係滷水雞翼，噚日就瑞士雞翼，如果一包雞翼有三十隻，咁今日應該唔係雞翼咯……」大學生心裡面的對白其實是：「點解女人咁鍾意要人估嘢㗎！」

「你都幾醒㗎喎！」女朋友話畢，微波爐正好叮叮作響，

翻熱完成，她小心地拿出食物盒。「嘩！好熱好熱！嚀！畀啲Tips你，俾你聞下！你過嚟啦！好熱我拎唔到咁遠呀。」邊說邊向櫃檯的大學生招手。

「我睇YouTube學㗎！點呀點呀，聞唔聞到呀？你索大啖啲啦！」女朋友見大學生還是一頭霧水，於是直接打開盒蓋，「唉，開估喇！係關東煮呀！係唔係好犀利呢～睇YouTube都學得識～！」女朋友聲線洋溢着自豪，大學生則到最近才發現原來女朋友頗有入廚天份。

「好唔好食呀？」她固然有試食過，只是希望得到他的稱譽。

「好味呀，因為煮得好入味～不過仲係好熱……尤其係嗰蘿蔔。」因為嘴裡滾燙的食物，大學生說話口齒不清。

「咁你細啖啲啦……」說的時候她的聲線少了自豪，卻多了一份溫柔。


晚上的客人不多，雖然疫情稍微緩和，但堅道的街坊似乎都習慣了晚上待在家裡。偶爾有遛狗散步的人經過，然而便利店歡迎顧客的鈴聲始終久久不響。女朋友卻心裡暗喜，這環境正好讓兩人好好相處。


「我有啲嘢想話你知。」見關東煮吃得差不多，女朋友率先開展新的話題。

衛城道6號

「係咩呢?」説畢,大學生將最後一件薩摩魚餅大口塞進嘴裡。

「我搵到份Internship喇。」嘴裡滿是食物,男朋友只好連忙點頭,然而她的視線卻仍然停留,似看到了些甚麼。

「咩事呀?係唔係塊面有嘢?」大學生幾經辛苦才吞下魚餅説。

但她依然睜大眼睛看着,大學生又説:「喂!你唔係想而家就計劃去東京吓嘛?你唔好咁痴線啦!」

「唔係呀⋯⋯我想話,你媽媽最近搵過我。」女朋友終於將憋在心中的話講出來。

「哦⋯⋯」她知道大學生不太喜歡這個話題,大學生其實也不太懂該如何反應。

「其實係咁嘅⋯⋯上次你哋一家人食飯就已經係做冬嗰次。」女朋友步步為營,生怕説話太快會説錯話。「其實嗰次呢,係你爸爸主動話叫返你一齊返去食嘅。」説完這句,她更是在留意大學生的微表情有沒有甚麼變化。「所以呢,你媽媽就想,不如今次你做返一次主動,下個月父親節,一齊食返餐飯,叫我嚟問下你好唔好喎⋯⋯」説完這句,有幾秒兩人只能聽見便利店雪櫃運作的機器聲。

「我唔知我有無假期喫喎,你知啦,疫情搞到經濟咁差,我如果未搵到工,仲係喺度做嘢嘅話,呢度老闆唔知俾唔俾我放假喫⋯⋯」大學生回應道。

14/我的麻煩男友

「咁不如……你父親節返去食飯，我幫你返嚟便利店……咁好未吖？」女朋友明知這不可能發生，卻偏要這樣説，逼大學生現在下決定。

「痴線，而家係我阿媽約你食飯，要食你自己去，份工我自己返。」大學生一時間其實不知道該如何反應，只好説些晦氣話。

女朋友聽到並沒有生氣，也沒有失望，只深深吸了一口氣。「我同你，中學就識，中五拍拖拍到而家，都咁多年，而家你就嚟 U Grad 喇，你對住我，可以仲係好似個中學生咁，但係對住其他人就唔好咁喇……唔好鬥氣喇……好唔好？」大學生無言以對。

空氣凝聚了幾秒，整間便利店只有來自雪櫃運作的機器聲，隔了良久，大學生才壓低聲線説了一句：

「對唔住……」

聲音比平常説話小，然而她還是能聽得出裡面的歉意。

「咁係喋喇喎，你應承咗我喋喇，聽日起身，你喺你哋屋企個Group度講啦，你家姐會即刻和議喋喇。」女朋友説。

衛城道6號

「嘩！連我家姐都肯跟你劇本？你咁勁，不如你都係唔好讀建築，去讀演藝啦。」大學生終於臉露笑容。

「其實呢，我發現你原來喺度返夜班嗰次，我係唔知道原來你同你屋企鬧咗交喫……雖然你之前有提過，因為一九年嘅事你同你阿爸阿媽少咗嘢講，但係我唔知道原來係去到咁僵，你哋中秋之後都無見過。」女朋友越說越覺得內疚，覺得那次其實很不該發脾氣。

「係佢哋講先嘅，我都知道要忍住，咩都唔好講喫喇。點知電視一播新聞，我阿爸就好似收唔到掣，最後仲話元朗……」

未等及他說完，女朋友插嘴道：「我知道唔係話隔咗好耐就可以抹咗佢，有啲嘢發生咗就係發生咗，我都會記喺心，你係讀歷史嘅，你更加明白啦。只不過，我相信你爸爸都一定會喺同你炒大鑊呢件事上有所得着，如果唔係，佢都唔會主動叫你媽媽上次做冬約食飯啦。」女朋友因為聽畢大學生和他媽媽的故事版本而儼如家事法庭的裁判官，卻又用心良苦地勸誘着他。

「你話你發現我喺度做嗰時你仲未知，咁你係點發現喫？」大學生問。

「嗰次之後隔咗幾晚，我其實想過嚟同你道歉……點知我嚟到附近嘅時候，見到上次喺度同你玩手機嗰個外賣仔。佢好嘢呀，佢竟然認得我，仲同我講，話你同屋企人炒大鑊，咁我先至知道……咪搵你媽媽，同佢了解下囉……希望你唔好覺得我插手你啲嘢啦，你屋企人我都識咗咁耐，佢哋一直一嚟都對

我好好，好親切，我唔想你哋變成咁呀……」

聽到她的肺腑之言，大學生頓覺幸運，卻也因為她的成熟而覺得慚愧，只好覥腆說道：「就係因為你哋都識得佢哋，我先無同你講，唔想你哋以後見面嘅時候尷尬吖嘛……」

「以後？邊個同你以後呀！你聽日好即刻WhatsApp佢哋呀，你試下應承咗我唔做？你真係咁以後都無呀！」她說的時候滿臉通紅，比剛才的關東煮更熱了。

*麻煩男友誰人沒有*
*要每刻緊捉着我手*

Song link

虎鶴雙形蔡李佛
14.1 小時前

# 劇評：喜劇開場

　　故事講述三位年輕人，為成為一流搞笑藝人為目標的故事。過程很熱血，三人共同奮鬥，創作搞笑短劇，同撈同煲，但現實擺在眼前，他們沒有成功，十年光景已過，他們依舊名不見經傳，只是在街上無人認識的大眾臉。

　　組合成立之初，三人高中畢業，決定以十年為限，假若不能夠成為知名藝人便結束「追夢」。大限將至，組合的經理人覺得大家應該繼續堅持，三人之間也陷入分歧之中，幾番掙扎，最後信守承諾，返回現實之中。

　　夢想大家也曾有過，阿佛也幻想過自己可以在甚麼地方，也成為眾人的焦點。但追逐夢想也該真的有個限期，或許這是對養育自己的父母，還有一路上支持自己最親近的人負責的方法。「追逐夢想」沒錯，但你所追逐的，未必是正確的夢想，因為那可能不是你最擅長的事，甚至不是你該做的事。

　　「人生有幾多個十年」？劇中主角用了他們人生將近一半的時間去追夢。聽起來沒錯很浪漫，但世界是殘酷的，最後你成功了，大家會說你很「堅持」；假若你沒有成功，

大家不會稱讚你的固執，不恥笑你不懂審時度勢已經是最大的仁慈了。

這部劇阿佛很推薦，特別是很想去追夢的你，或是現在已經在追逐過程的你，不是要潑你冷水，而是每個浪漫背後，總有一樣的現實代價，你在追的時候，是否已經預備好了？

PLS CLS，你的留言是我的動力，多謝支持。

 18

Song link

# 15/ 最近比較煩

*二零二一年，四月三十日，晚上十一點*

「咁我行喇。」陳生回頭向正在玩電視遊戲健身環的女朋友說。

「記得攞埋嗰盒男團口罩呀！」深蹲中的女朋友聲音顫抖着。

上次與外賣仔、看更和大學生見面時，陳生因為戴上全城熱搶的「反光男團口罩」而成為焦點，沒想過眾人當中除了陳生以外都知道該口罩「價值連城」，可見「反光男團」的粉絲滲透率非常高。陳生將此事告知女朋友，女朋友特意留起一盒送給大學生的女朋友，更着陳生這次見面記得送交。沒想到這次與看更他們幾人見面，除了分享大家團購的物資外，竟然還多了交流一重「追星族」情誼。

看更今晚比陳生更早到達便利店門外，因為今晚是大學生最後一晚「睇舖」，長週末後，他便會正式成為社會人，為自己首份全職工作努力，今晚以後，大學生將結束自己的便利店掌櫃生涯。

「好喇好喇，大家都有嘢飲啦，咁就飲杯！希望呢個後生仔以後工作順利！」看更說罷拉低口罩，大口大口地喝啤酒。

「係喎掌櫃，你話你讀歷史㗎喎，點解你喺WhatsApp話搵咗份廣告公司嘅工㗎？」外賣仔一臉疑惑地問。

「我份工唔係傳統廣告公司嚟㗎，係做電子同埋數碼廣告嘅，即係你哋用電腦同埋手機上網嘅時候會睇到嗰啲。」大學生試着以很生活化的例子去解釋。

「喂陳生，你明唔明呀？」提到「廣告」，看更只能夠聯想到電視提到的「廣告部徐小姐」……

「而家廣告都要與時並進喇，舉個例，雖然你哋幾個都會玩小精靈遊戲，但係你哋年紀唔同，興趣又唔一樣，所以當你哋上網嘅時候，係會睇到唔同嘅廣告。就好似看更你鍾意睇劇，而外賣仔鍾意揸電單車，咁有關汽車嘅廣告就應該只會出現喺外賣仔部電話，而唔會出現喺你部電話度。」這也已經是陳生對演算法和廣告的全部理解了。

「差唔多啦～其實而家連街上面嘅廣告都可以同電話有唔同程度嘅連結㗎，不過我入到公司應該仲有排學。」大學生在這群人當中年紀最輕，第一次被當成「專家」顯得有點難為情。

「點到好啦～我哋幾個風馬牛不相及，但係都總算係患難見真情，以後都多啲返嚟傾計見面啦！」看更「打完場」道。

「係喎，咁你女朋友呢？都搵咗工嘩？」外賣仔問。

「未，佢未畢業呀，不過都係下個禮拜開始返Intern。」

大學生語畢，陳生連忙拿出「男團口罩」道：「差啲唔記得咗，我女朋友話畀你女朋友㗎喎，都唔明佢哋點解追星都可以咁齊心嘅。」

「喂，不如你哋都關心下我吖？我都轉咗工喎！」外賣仔不忘搶一搶焦點。

「哈哈，咁你轉咗做外賣App，有無好過以前淨係送快餐呀？」大學生連忙轉移話題。

「唉！我當初就係聽講話外賣App條水好，咪跳船過去囉！點知！轉過去嘅除咗唔只我一個之外，個App本身呀！好多陰濕嘢㗎！」外賣仔心裡滿是鬱結，早就想今晚大吐苦水。「首先個地圖定位差，成日都唔知個客喺邊，繼而呀！最衰呀，係佢拉直線呀！」外賣仔兩杯到肚，聲浪開始有點大。「由A點去B點，竟然係喺地圖拉直線計距離，喂！我讀書唔多，都記得中學地理堂要用條繩去度啲轉彎位啦！更差嘅係咩呀？係佢唔計斜度呀！幾多步兵行上斜路行到身水身汗，俾佢拉完條直線得雞碎咁多，真係好慘㗎！」外賣仔這番話倒是眾人之前沒有聽聞的。

「唉，今時今日，乜嘢都係難，就連政府話派錢，都要你諗餐飽嘅，係要叫『消費券』，唔可以好似之前咁入戶口㗎嘛。」陳生也有自己的牢騷。

「啊！講開又講，我見工嘅時候，HR問我有無或者會唔會考慮打疫苗，我第一下聽到都唔識反應，咁我跟住問啦：『係唔係會對請唔請我有影響㗎？』佢話：『唔係，不過想話界你聽，我哋公司會有疫苗假，去俾打咗疫苗嘅Staff休息嘅。』原來佢係咁嘅意思，嚇得我吖。」大學生憶起面試時一個難忘的畫面。

「我都想打呀，始終棟樓咁多人出出入入，好似打咗好啲，

我怕自己病咗會惹界個孫呀……」能聽出來看更有點掙扎。「弊就弊在唔知打邊隻，一隻就話保護得好啲，但係副作用大啲；一隻就話唔咁大副作用，但係不停有新聞報話有人打完入醫院，搞到我心大心細。」眾人也聽得出看更不曾一次進退維谷，陳生更是感同身受，因為忙於籌備婚宴的他，亦要考慮賓客當中必須有至少七成人接種了疫苗，才可倖免「四人一桌」的局面。

說着說着，酒過幾巡，陳生回想這個「衞城道抗疫小隊」不知不覺竟成立了幾乎一年半，當初沒想到疫情會持續如此長時間，四人也在全世界都強調「社交距離」的年頭逆向行走，建立出無所不談的真摯友誼。看着眼前這位二十出頭的年輕人，陳生心底裡其實很欣賞他們這個年代成長的香港人的勇氣，相比自己求學的年頭，當下的年輕人艱難得多。

「陳生！我都做社畜喇，有無一兩句贈言呀？」大學生向倚着欄杆的陳生處邊走邊問。

「哈哈，以前我啱啱出嚟做嘢嘅時候，好多人都會話『千祈唔好怕蝕底，要抵得諗』啲。喺我工作嘅地方，你呢一代嘅後生好有主見，不過無乜耐性，特別係無乜耐性聽其他人講。如果真係要提你一兩句嘅話，我會提議你要記住有耐性，就算你唔完全同意，都應該畀啲耐性聽咗其他人講先，咁到時要指出佢嘅錯處，你都可以振振有詞大大聲講。」陳生說着，其實心裡面也感激遇上面前的大學生，改變了他對年輕人的觀感。

「掌櫃榮休慶祝會」落幕，週末也轉眼完結。這個星期一，陳生比平常更早回到辦公室。疫情一年有多，公司的同事們都習慣了在辦公室戴着口罩。今天來了兩個新面孔，都是來實習的大學生，看着他們在認識公司的不同角落，陳生心裡再為「掌櫃」送上祝福。

*最近比較煩　比較煩　比較煩*

*總覺得日子過得有一些極端*

*我想我還是不習慣*

Song link

衛城道6號

# 16/ 愛我別走

二零二一年，六月

「要唔要帶牙刷呀？」陳生站在洗手間的洗面盤前躊躇。

「酒店應該會有嘅，不過如果你想用返你把電動牙刷就帶啦。」女朋友在不遠處摺疊着衣服放進手提旅行包。

已經決定好年底結婚的小倆口，因為酒店未能夠提供他們最理想的婚宴日期，所以客氣地送上一次酒店住宿度假體驗，二零二一年，竟然流行起Staycation來。

「係喎，你係唔係話上次你公司搞疫苗抽獎，獎品係Stay-cation package呀？」整理好自己行裝的女朋友也體貼地為陳生將衣服收拾到旅行袋。疫情發展至此，大大小小的企業扭盡六壬鼓勵僱員接種疫苗，相比地產商的物業抽獎，Staycation package 算是小巫見大巫。

「係呀！咪一陣去嗰間囉，最後俾個Intern妹妹抽中咗，佢勁開心。」陳生的冷靜完全顯不出中獎者的喜悅。

「Intern都有得抽呀？」女朋友「行政」上身。

「係呀，眾目睽睽之下抽到，全部人望住，無得抵賴㗎！」陳生憶起當日公司難得同事們濟濟一堂的畫面。

礙於疫情，大部份香港人也選擇留在本地，因為回港時廿

一天隔離日期實在難熬，而且要額外預留一筆錢支付隔離酒店費用，令外遊的預算也大大提高。Staycation突然應運而生，或者因為香港的居住環境本來就不特別寬敞，「宅度假」正好讓「厭倦」了自己家居的人逃避一下現實。

　　下午將近四點，陳生和女朋友到達同樣在中環的酒店辦理入住手續，二人年底的婚禮場地也是這家酒店，為他們處理婚禮事宜的酒店職員也很有禮貌地到前柸迎接。

　　「歡迎晒兩位，真係唔好意思，幫唔到你哋預留你哋最理想嘅日子，因為上年疫情開始之後，積落咗好多Booking呀，而家先陸陸續續擺返，希望你哋明白。」酒店職員客氣地向陳生和女朋友再次表示歉意。「今次你哋住嘅Suite都係婚禮嗰日嘅同一個房型，如果你哋今次鍾意嘅話，我可以喺你哋Big day當日預留返同一間畀你哋，有咩需要都可以隨時同我講。」

　　「唔該晒。」女朋友也認真向職員道謝，反而陳生有點心不在焉，似在注視着酒店前柸另一端。「喂！你係咁望住嗰邊做乜呀？」女朋友的語氣帶點責備。

　　「唔係呀，嗰邊嗰對後生仔女，好熟面口⋯⋯」陳生說完，連酒店的職員也忍不住看了過去。

　　「唔認得喎，你係唔係認錯人呀？個個戴住口罩。嗱，個口罩我就認得，咪『反光男團』嗰個囉，大把人有買啦。」女朋友開始有點不耐煩。

衛城道6號

這時遠處辦好入住手續的年輕男女也向陳生的方向走來，準備乘坐電梯。該對年輕男女距離越來越近，陳生就越覺得他們臉熟，急速翻開自己腦海裡的「通訊錄」，卻怎也記不起自己有朋友是「年輕情侶」。

怎料，年輕男女竟走到旁邊，齊聲脫口：「陳生？」

「喂！掌櫃……Crystal，原來你女朋友係Crystal呀？」陳生恍然大悟，之前大學生提及過的「建築系女友」，原來就是贏得公司Staycation抽獎的實習生。

「估唔到咁都撞到……你哋都係嚟Staycation？」Crystal看到陳生和女朋友也手提着行李。

「係呀，呢位係我女朋友。」

未待陳生説完，Crystal便説：「啊！多謝你送盒口罩畀我呀，你知唔知我呀，買極都買唔到呀！多謝你呀！」Crystal對陳生女朋友説時指着自己的口罩。

「唔使客氣～我聽佢講話佢個Friend女朋友鍾意，我買到咪叫佢攞一盒畀你囉，大家都有先開心㗎嘛。」就連在旁目睹一切的酒店職員也點頭，難道她也是男團的粉絲？

「又會咁啱都有，同一日嚟酒店，不如今晚一齊食飯吖？」陳生想好好向女朋友介紹他一直以來提及、之前在離家不遠的便利店工作的大學生。

16／愛我別走

「喂！但係個Package唔係In-room dining咩？」女朋友說的時候還拍了拍陳生的肩膀。

「可唔可以將兩間房嘅Dinner放喺同一間房喫？」陳生問站在四個人中間的酒店職員。

「唔好意思呀，因為防疫指引，應該就唔可以咁做喇。」職員逼不得已拒絕陳生。

「唔緊要啦～我哋各自食，食完再傾啦！」大學生的這樣一說也不失為個好辦法。


四人就這樣各自回到房間，約好晚餐過後在大堂集合。陳生覺得這是個驚喜的意料之外，特意在會合大學生前，請酒店預備了香檳招待等會的訪客。


大概晚上九點左右，陳生依時在酒店的前台附近等待，果然過了不久便聽到後方傳來大學生的聲音。


「食得飽唔飽呀？」大學生與Crystal手提着兩個大膠袋，剛從酒店大門進來。

「嘩！你買咁多嘢？」陳生驚愕不已。

「我第一次去中環呢間日式超市嘛，買咗啲得意嘅生果啤酒同你哋一齊飲！」大學生開心地說。

一行幾人來到陳生的房間，女朋友已經預備好香檳和杯子準備迎接「客人」，大學生和Crystal對這間酒店套房的陳設和面積也是嘆為觀止。

「嘩！你間房大過同埋靚過我嗰間好多呀！」大學生忍不住說，身旁的Crystal則有點尷尬，因為他們的房間是公司的抽獎獎品，陳生同是公司的職員，自然也參加過同一個抽獎活動。

「其實係因為佢哋Offer唔到我哋想要嘅日子，所以先有得住多一晚套房啫。」陳生的女朋友回應說。

這時候大家都脫下了口罩準備吃喝。說來陳生還只是第一次看到Crystal的臉龐。而當初陳生因為與女朋友吵架而到便利店喝悶酒那個晚上，大學生仍然記憶猶新，轉眼二人決定共諧連理，大學生也替陳生很高興。

「哈哈哈哈！真係勁，真係好有緣，我哋飲杯啦，今晚大家傾得開心啲。」陳生女朋友將香檳杯交到各人手上。

大家互相交流近況，大學生和Crystal也正式恭祝陳生和準陳太。喝完一瓶香檳，Crystal決定與準陳太交流「反光男團」的追星心得，大學生則和陳生在沙發上繼續聊天。

「你女朋友做嘢幾叻㗎喎，有無人同你講過呀？」見Crystal和女朋友聊得興起，陳生才敢討論這個話題。

「佢中學嗰陣已經好有領導才能，到大學反而好似無咁多活動，不過佢係幾犀利嘅。」大學生回應説。

「咁你呢？返咗一個月工，仲未過Probation，覺得點呀？」陳生像師兄一般關心。

「唉，好忙呀。老土講句，以前覺得讀書辛苦，而家先知讀書幸福。」大學生酒後吐真言，又説：「不過呢，依家疫情相對穩定啲，真係好多人考慮走，離開香港。」説起這個話題大學生頓時認真起來。「因為救生艇計劃係Target我哋呢啲畢業五年內嘅人，所以有好多做咗一、兩年嘢嘅人喺升職無耐之後就辭職去外國。」

「咁你唔係會升得快啲咩？」陳生打趣説。

「係嘅，不過你諗下，我咁新都可以一年就升，根本未熟啲嘢就被人推上去，之後可能仲辛苦。」出來做事真的會逼着一個人成長，至少陳生聽到時是這樣想的。

「咁你有無諗過離開香港呀？」多喝了兩杯，陳生也變得單刀直入。

「其實……我都唔係好知。而家係多咗好多可以離開嘅途徑，但係我仲未知道我應唔應該走。你呢？係唔係結咗婚之後就會走呀？」大學生也想知道陳生的想法。

「其實我成日都諗……我覺得其實個天都幾鍾意整蠱我呢一代嘅人，即係所謂嘅八十後。細個嘅時候，即係九七前，每

衛城道6號

119

個細路身邊都總有一兩個同學話會移民。到人大個咗，又要經歷多一次移民潮。其實我哋呢啲四十歲唔到，三十歲左右嘅人，最應該諗嘅係點樣發展自己嘅事業，因為而家係我哋最黃金嘅時間，亦係社會上最有勞動力嘅群組。偏偏我哋就從來無試過有好順利嘅環境，考會考就沙士、畢業就雷曼破產、而家又要諗留唔留低⋯⋯」陳生是個建築師，大學生萬萬沒想到專業人士也有這麼唏噓的時候。

「身邊有咁多人離開，會唔會令你更加想走呀？我唔係唔知自己諗緊咩，只係好驚自己係因為俾身邊嘅人影響所以先會有咁嘅諗法。」大學生也難得把自己的遲疑說出來。

「我覺得咁，你搵一日，心情唔係特別差嘅時候，寫低十樣你鍾意香港嘅嘢；同時又寫低十樣你唔鍾意香港嘅嘢。跟住收埋張紙，過幾日再攞出嚟，如果唔鍾意香港嘅嘢，係喺其他地方都會有、都會發生嘅話，咁就唔係香唔香港嘅問題。同樣地，你鍾意香港啲嘢，原來唔係香港先有嘅，其他地方都有嘅，可能代表你其實都好適合去其他地方生活。希望咁樣可以幫到你自己衡量一下，係應該留低，定係應該走。」關於這個問題，實在陳生也猶豫了一段日子。

「講咩講到個樣咁認真呀？」準陳太與 Crystal 這個時候走到陳生和大學生那邊。

「都係平時咁啫。」陳生回答說。

「我哋唔好阻住佢哋休息喇，係時候返落去。」Crystal 說的時候按着大學生的肩膀。

16／愛我別走

就這樣，四個人度過了他們各自首次的Staycation，只是對比預期之中的有點落差，可是卻是個美麗的「估計錯誤」。大學生他們二人離開陳生的套房，準陳太也誇獎Crystal是個能幹和懂事的孩子，很成熟讓人很放心，也羨慕陳生公司來了個討喜的實習生。之後二人聊了幾句關於婚禮那天酒店的安排，便累得睡過去了。

*不要聽見你真的說出口*

*再給我一點溫柔*

Song link

衛城道6號

二零二一 年，七月

嗶的一聲，多麼熟悉的聲音又響起，陳生走入機場鐵路的閘口。自疫情大概已經一年半以來第一次坐上機鐵，與以往出行時興奮又期待的心情比起來，今天難免複雜。

「各位，我會九點左右到機場。」訊息來自陳生一個WhatsApp群組，裡面都是中學同學。星期日的早上，陳生坐在機鐵列車，腦海裡回放着以前與這個群組裡的人打打鬧鬧的時光。他們相識於一九九九年，是般咸道那家「紅磚屋中學」的中一學生。學校裡有一個噴水池，旁邊種着一棵無花果樹，陳生與同學們在這家學校過了五年時光。那時仍然是會考年代，公開考試後，有些同學原校升讀，也有如陳生一樣到外國繼續學業的，縱然就職後投身的行業各有範疇，也無礙同學們之間二十年的兄弟情。

七月十八日，星期日，陳生坐上機鐵列車，準備為其中一位將要到英國的摯友送行。九點十分左右，陳生抵達赤鱲角，另外幾位中學同學也集合了，比離港的主角還早一些。要到五分鐘後，即將出發的阿雄一家才到達離港大堂的B、C行。

阿雄是已婚人士，今次移居的決定很大程度是基於對下一

代的考量。曾經在一班人聚會的時候，大家有開玩笑問過阿雄，將來你的女兒說要回來香港參加華裔小姐選美怎辦？阿雄說：「至少畀多咗個選擇佢吖。」

阿雄女兒今年三歲，正是小孩子每句話也放大喉嚨的年紀，她認得爸爸的朋友，因為她總愛在群組「視訊通話」時黏着爸爸，本來是在「示威」的，後來卻與一眾 Uncle 混熟。

阿雄一家乘車抵達，女兒離遠認出幾位叔叔，便一馬當先走到叔叔們面前：「茄茄哥哥！我哋有九個行李呀！」陳生和其他同學也還沒結婚，縱然過幾年也將踏入不惑之年，阿雄還是叫女兒稱呼大家「哥哥」。

「咁你有無幫手呀？」陳生蹲下問阿雄女兒。
「無喎，因為好重。」小孩子天真無邪，讓人哭笑不得。

其餘幾位來送行的同學已經走上去幫忙運送行李，阿雄的太太也連忙道謝。沒過多久，來了阿雄與太太的親戚，他們幫忙照料女兒，同學們則與阿雄一起到托運登機行李的隊列。今早機場的人特別多，但大家都知道，沒有人是準備出發去旅遊的。

衛城道6號

「啲嘢搞掂晒喇？」同來送行的阿勤問。

「係呀，係行李有啲多。」阿雄回答說。阿雄是個細心和計劃周詳的人，出發前一年多，已經着手安排工作，今次遷移算是公司的「內部調動」。

陳生幫忙推着行李車，換作平時一定覺得排隊很難熬，今天卻希望這隊列可以更長，至少讓他們可以多聊一下。

「爸爸你記得唔好帶水呀！」阿雄的女兒還沒到會被圍欄阻擋的年紀，直接從隊列圍欄下穿過來，抱着爸爸的腿說完又跑回去阿雄的岳母處。

「記唔記得我哋細個嘅時候，有啲同學話要移民，好唔捨得呀？」阿雄問陳生。

「記得，以前無咁好科技，就算交換晒紀念冊，都好容易失聯。」陳生記起自己的紀念冊，仍然放在衣櫃頂的紙皮箱裡。

「而家幾好吖，佢又未開始返學，雖然有朋友，但係我估要走，都無返咗學之後咁難受……咁樣我都覺得舒服啲。」阿雄說。

「我估細路仔好容易適應嘅。你呢？新Position幾時開始？」阿勤問。

「開咗兩次會，到咗之後兩個禮拜就返工。不過都係Hybrid，唔使五日都返公司。」阿雄就是這樣心思慎密的人，凡事都安排妥當。

排隊足足三十分鐘左右，阿雄、阿勤、陳生還有另外兩位朋友一起目送寄艙行李逐一遠離視線，一行人便回到女兒和岳母所處的長椅。阿雄的媽媽也到達了，自然認得陳生和阿勤他們，好久不見，大家也跟阿雄的媽媽問好。

　　陳生看着阿雄與太太與親戚們聊天，回憶起以前，也是唯一一次送機的畫面。那時候機場還在啟德，有一家能看到停機坪的茶樓，眾人「飲餐茶」飽餐一頓後，才到那個橙橙黃黃的機場離境大堂送別。那應該是九四或者九五年……是上一次移民潮。

　　阿勤為阿雄一家充當腳架，拿着阿雄的手機為他與來機場送別的親戚們影相留念，阿雄還在開玩笑，他一直以來也是群體裡的「氣氛擔當」，有他在場的地方必定絕無冷場。

　　「喂，你都幾失敗㗎喎。」親戚們都拍完了，阿勤對走過來的阿雄續說：「你睇下你，幾少朋友嚟送你機。」
　　「朋友唔使多，最緊要夠Friend呀傻仔～」阿雄說完，不太擅長搞笑的陳生也忍不住笑出來。
　　「差唔多喇，今日好多人，我哋要入閘喇。」阿雄的太太說。

　　就這樣，一行人便來到機場離境禁區的閘口，阿雄先與親

衛城道6號

戚們一一相擁道別。這時阿勤似乎已經熱淚盈眶，陳生看着這
個畫面，自然也是百般滋味在心頭。

「對唔住呀，兄弟，嚟唔到飲你嗰餐……」阿雄與陳生擁
抱時在陳生的耳邊説，在旁聽到的阿勤也聽到，眼淚再也控制
不住，別過臉拭淚。

「傻啦，你會照畀人情㗎嘛！」阿雄聽到後在陳生耳邊小聲
罵了一句髒話，兩人相視而笑。

逐一跟送機的親友道別，阿雄一家走入磨砂玻璃後的安檢
通道，消失於眾人眼前。阿雄的媽媽很客氣，還強忍住淚水，
跟陳生和阿勤等幾位「中同」道謝。

「其實，能夠識到阿雄咁嘅朋友，反而係我哋嘅福氣。」陳
生內心是這樣想的。

二零二一年，疫情影響有限，但香港各處都充滿離愁別緒，
很多人趁着疫情稍稍穩定便出發移居。目送阿雄後陳生環顧四
周，機場內雙眼通紅的人不少，掩面而泣又揮手道別成為指定
動作，一個又一個擁抱，背後盡是千言萬語，「白頭人送黑頭
機」，場面教人心酸。

環顧四周，陳生在遠處看見一個熟悉的身影，正是看更來福在揮手道別。陳生估計他沒有認錯，只是之前並沒有聽來福講過家人會決定移民，所以陳生也不打算走過去相認，始終每個人面對離別也有自己一套處理方法。

　　離開機場，陳生直接回家，今天女朋友約好了要去選婚禮的姊妹裙。下午獨自閒在家裡，滑着手機社交平台殺時間，剛好看到劇評專頁的更新，反正沒事可忙，決定跟隨推介追起劇來。

*再見偏說到紅眼*

*被時代拆散　才道別那樣難*

Song link

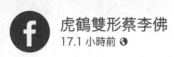

**虎鶴雙形蔡李佛**
17.1 小時前 🌐

··· ✕

# 劇評：This is the way, is it?

　　這句「This is the way」是此劇的台詞，主角是一位戰鬥民族裡面，已經所餘無幾的其中一人，如今他已經成為賞金獵人，過着靠完成任務過活的漂泊生涯。一次，這位賞金獵人「明知山有虎」，接下一個艱鉅的任務，目標人物，是與尤達大師「撞晒樣」的小朋友。如果你是這個系列的粉絲，一定記得系列一直以來環繞的「原力」主軸，小尤達也同樣可以在火燒眼眉之時好像星矢一樣爆發小宇宙，更數次反過來成功拯救獵人於水深火熱，因而發展出儼如《帶子雄狼》一般的父子關係。

　　所謂「吾心歸何處，何處是吾家」，故事的主角因為戰亂喪失雙親而離鄉，最後接受了另一套文化，甚至樂於以新的身份作為自己的認同。現實之中，或許沒有如劇集一樣極端的原因使人離鄉別井、顛沛流離，但因為種種原因而決定離開自己的根源，事例多不勝數。接受離別的時候，每每總是難過，尤其是自己珍視的家人，特別是阿佛在着重「家」的東方文化中成長，難免有覺得「兒孫滿堂」才是「幸福」的念頭。還記得家人第一次對阿佛提出移民的打算時，阿佛用盡畢生功力，才好不容易消化和接受。

不過This is the way，借用劇集裡賞金獵人一族的「祝福語」，事已至此，只好既來之則安之，假若最近你也有親友出發到外地生活，不妨對自己講聲「This is the way」，然後為遙遠的他們送上祝福。

　　PLS CLS，你的留言是我的動力，多謝支持。

 30

 讚好　　回應　　分享

 Song link

# 18/ 草戒指

二零二一年，十月

大學生半睡半醒，隱約聽見女朋友Crystal在叫自己的名字，勉強睜開眼睛，果然是Crystal的臉。

「喂，醒喇，差唔多要走喇。」Crystal一邊說，一邊在拍大學生還在被窩裡的身體。

大學生環顧四周，知道這不是自己的房間，卻又似曾相識，究竟這是甚麼地方？

「呢度係邊度呀？我係唔係發緊夢咋？」大學生還在左顧右盼。

「你喺陳生個婚禮度飲到好醉，佢哋見你返唔到屋企，索性搵間房俾你休息。」Crystal在昨夜婚宴後收到陳太的電話，便連忙趕過來照顧醉倒的大學生。

「唔係吖嘛……咁我有無做咗啲好失禮嘅嘢呀？今次真係GG……」大學生盡力嘗試尋找昨晚的記憶。

「聽新郎講，係佢、看更叔叔同埋外賣仔幾個夾手夾腳『的』你上嚟，陳太就打畀我，話我知你好唔掂，到我嚟到喇，外賣仔同看更先走嘅。」相比之下，Crystal自然對昨晚發生的事瞭如指掌。「你好起身喇，就快十點喇，你想瞓到幾時吖，快啲去同陳生陳太講Sorry啄呀！」

大學生跳下床，身上仍然穿着昨晚去婚宴的衣服。

「望咩呀望？飲醉仲想我幫你換衫呀？我唔鬧你都算偷笑喇！」Crystal開始有點不耐煩。

這次婚宴，陳生並沒有邀請公司全部同事，只有幾位共事時間比較長的獲邀，Crystal也已經完成了暑期的實習重回校園，所以也沒有隨大學生一起出席。

「喂，咁你仲記得噚晚啲咩㗎？」Crystal問正在洗澡的大學生。

「嘩！超開心呀！啲酒勁好飲，每張枱都有XO同埋Blue Label，仲有香檳啦，同埋任飲嘅餐酒、啤酒⋯⋯」

未待大學生説完，Crystal搶白道：「係呀，人出酒，你出命吖嘛。」

「咁真係好飲吖嘛⋯⋯」大學生接着又説：「不過真係好好氣氛，可能請嘅人唔多啦，成個場十圍左右，所以嚟嘅都係親戚同埋超級好嘅朋友。」大學生説起也有點自豪。

「咁都幾好吖。」Crystal也在對着鏡子整理儀容。

「你估都估唔到，噚晚兩個陳太，即係陳生個阿媽同埋老婆兩個人滿場飛，周圍同啲賓客Cheers，勁豪氣！」大學生説起來依然興奮。「一嚟佢哋無嗰啲成長片段呀同埋『朝拍晚播』

衛城道6號

片要睇啦，又無話要表演呀咁，啲親戚朋友又真係好耐無試過咁齊人，所以啲氣氛真係好好，好融洽又好溫馨。」

「我有同陳太WhatsApp呀，佢話搞婚禮都幾煩呀，又要計住有幾多賓客打咗疫苗，要Overall夠七成先可以一圍圍咁坐，又要提大家記得『安心出行』或者留資料。所以最後搞得成梗係特別High啦！咁陳生呢？幻想唔到佢喺呢啲嘅場合會係點嘅。」Crystal問的時候大學生剛好撥開浴簾。

「哈哈，昨晚有個勁搞笑嘅畫面。有一圍呢，係陳生嘅兄弟團，全部都係佢啲中學同學，首先陳生阿爸阿媽同佢哋玩得勁開心啦，但係最搞笑嘅係咩呢？佢哋突然間八條大漢走咗入間房度話FaceTime，行返出嚟嘅時候，全部人都好似眼濕濕咁，特別係個伴郎，好似叫阿勤，哈哈，喊到隻眼紅晒。唔知佢哋係FaceTime嘅話，一定以為係個伴郎整唔見戒指，搵唔到驚到喊，哈哈哈哈！不過點解你話幻想唔到陳生係點嘅？佢喺公司係點㗎？」大學生問完就準備刷牙。

「佢都幾正經㗎，唔係好講笑，不過一班人一齊傾計嘅場合佢都會參與嘅。我記得呢，我做Intern嗰時，陳生條Team喺度做緊一個Project，係幫香港嘅公共房屋計劃休憩空間嘅。」Crystal梳頭的時候説。

「即係點呀？」大學生滿嘴白沫。

「香港嘅公共房屋都有休憩空間規劃㗎嘛，陳生好認真咁去做呢個Project，因為佢知道如果成功咗，以後香港起出嚟嘅政府房屋都會跟住呢個版本去建造。我第一次聽嘅時候，會覺

得『乜咁悶㗎，咁咪每個屋邨都差唔多囉？』但係陳生就覺得，制度有佢悶嘅地方，亦都有可以利用嘅地方，如果我哋能夠盡力做到一次，一個人性化得嚟又可行的設計，咁就可以一次過幫到好多人提高佢哋嘅生活質素。」Crystal回憶起幾個月前當實習生的畫面。

「佢真係一個好有抱負嘅人。」大學生説罷，用毛巾擦乾了臉。

「記唔記得幾年前，土瓜灣嗰邊港鐵地盤掘到文物呀？陳生條Team係負責宋皇臺站㗎，我聽佢同事講，當時陳生係其中一個爭取一定要保留文物同埋暫停工程嘅人，唔係好似古物諮詢委員會啲人咁，話留低都唔會有人睇，真係痴痴哋。」Crystal提起也覺得作為處理古物的人有這樣的想法全然是本末倒置。「建築係可以改善人嘅生活，同時又睇到一個地方點樣去看待自己嘅市民、歷史同埋對未來的憧憬。我將來都想成為好似陳生一樣，咁有型嘅建築師。」

望見眼前的Crystal，大學生自覺點兒慚愧。他也有很多意見，但一直以來也沒有能夠實踐甚麼去令這個城市成為更理想的地方，特別是投身社會後，自己所屬的廣告行業講求「數字」與「效果」，銷售成績就是金科玉律，哪有時間和空間講抱負和理念？

「係呀，好似上年年底主教山配水庫咁咋嘛，一定係話啲

晨運客多事㗎，不過如果唔係啲晨運客，個地方無咗啦。我唔肯定主張要拆嘅人係唔係知道嗰個地方係咁有價值嘅歷史建築，但係如果知道，又堅持要拆嘅話，咁同無膽面對歷史，咁同刻意篡改歷史有咩分別？所謂專制之下產生犬儒……」

大學生每次說起有關歷史的話題總是滔滔不絕，未待他講完，Crystal問：「咁你夠膽落去面對你『飲醉酒不省人事』嘅歷史未呀？你再唔去搵陳生佢哋Check out呢，間房你自己畀錢呀吓。」

大學生連忙加速，穿好衣服，便和Crystal坐電梯到陳生陳太的房間，也就是上次Staycation他們住的同一間。

「恭喜晒！祝兩位白頭到來，永結同心～」大學生還想首先道歉，但Crystal快一步，門一開便搶在前頭說了恭賀的說話。

「突然要你夜晚十二點幾飛的過嚟，嚇親你就真。」應門的是陳生，回應完Crystal的說話便對大學生說：「你又係嘅，我都係第一次見到有人會飲到行都行唔到，哈哈哈哈。」大學生也誠懇地感激陳生的照顧，隨後和Crystal一起進入房間。

「唔使擔心喎，間房一早Book咗㗎，因為我啲親戚好鍾意飲㗎，我驚佢哋有人意猶未盡想繼續，所以預備定多一間房。不過應該係見到有人『不支倒地』，所以佢哋都好收斂。」聽新陳太這樣一說，大學生「紅到面晒」。

陳太和大學生不熟，卻因為和Crystal一起分享追星情報和戰利品而頻密聯絡。「喂！我覺得你個化妝師幾好喎，個頭又Set得OK，佢帶咗幾多個人嚟呀？」陳生和大學生互相對望，似乎大家也知道兩位女士立即進入「傾計無雙狀態」，沒有人能夠停得住。

「會去邊度度蜜月呀？」大學生問陳生。

「無諗過呀，而家飛，返到嚟要隔離廿一日喎，我唔會頂得順咯。」陳生續說：「差唔多要走喇，我有幾袋嘢要攞，你幫我拎啲吖？跟住我仲要去還禮服。啊，結婚真係好多嘢搞呀。」

似乎是聽到陳生的抱怨，陳太回應了一句：「咁快頂唔順呀陳生？有排你受喎～」說完與Crystal相視而笑。

*唯一個是你*

*不想放低*

*給一個地位*

Song link

衛城道6號

# 19/ 人生何處不相逢

二零二一年，十一月

　　中午，來福來到九龍塘達之路，一個離商場約十分鐘路程左右的公園，因為是上學時間，既沒有來玩耍的孩童，也不見「打牙骹」的菲律賓姐姐們。來福坐在公園的花槽邊，等待着一個電話，還好天氣算清涼，五分鐘不太難熬。

　　「喂，師兄？」來福興奮地接電話。

　　「十三！你到咗喇？你等等，我而家行出窗邊。」電話裡的人回話。

　　「見到喇見到喇！」來福動作不敢太大，只在胸前揮手。

　　「幾個月無見喇，你幾好嘛？」師兄在安老院的窗邊，隔着玻璃揮手。他是來福片場年代早十年已經拜入師門的戲班大師兄，雖說是「拜師學藝」，但當時教導和照顧來福的其實是這位師兄，來福是戲班師傅第十三位弟子，比大師兄年輕十二歲，然而今天兩人都已經兩鬢斑白。

　　「都係咁啦，仲係做緊保安，雖然係忙，成日都要消毒同埋幫啲住客收貨，但係都叫做穩定。」來福雖已是花甲老人，對師兄說話仍然恭恭敬敬。「師兄呢？最近幾好嘛？」

　　「食得瞓得，不過唔係行得走得囉，而家都係唔可以出去呀，一路都係喺安老院入面。」政府在疫情期間規定安老院的老人家不可出外，以減低受感染的機會防止爆發。

「係呀⋯⋯而家連去街市都話要用『安心出行』，一日到黑都要攞個電話影來影去，好鬼麻煩㗎。」來福説安老院外的生活也不太便捷，希望大師兄可以覺得在安老院生活也沒兩樣。

「噓！真係玩嘢呀，我呢啲老嘢又點會識用吖？你睇下，我仲係用緊呢啲『摺埋電話』同你傾，你唔好界嗰啲訊息我㗎呀，我都開始睇唔到啲字呀。」師兄對着窗外的來福，指向自己手中的電話示意。

「咁唔出得去，有無紮下馬練下功呀？」來福問的時候也比劃了幾下「鶴手」。

「紮鬼紮馬咩，好鬼嚴㗎啲姑娘，而家呀，我連同啲院友傾計都唔多，話唔好聚集喎，唯有睇下電視啦。我見新聞講話疫情好咗好多啦！係之前有個跳舞群組咋嘛。」師兄對時事的留意多少讓來福有點意外。

「跳舞群組你都知？係呀，佢哋跳你以前跳嗰啲Agogo㗎！」來福笑着説。

「痴線啦你，佢哋嗰啲叫掏手掏腳，唔係跳舞！一個二個着到隻雀咁，邊有以前我哋啲風範吖。啊！係呀，你個孫點呀，幾好吓嘛？」師兄也很關心來福的近況。

「去咗英國喇，阿仔一家。」來福之前沒有跟師兄交代過。

「係咩？幾時呀？」師兄知道來福很疼愛孫兒，所以顯得有點錯愕。

「七月中囉，佢哋幾個，仲有新抱個家姐一家都過咗去。」來福説。

衛城道6號

「都好吖，有個照應。唉，而家咁呀，就算喺香港都未必成日見啦。我唔識用睇到樣嗰啲電話，要姑娘安排先可以用佢哋啲螢幕見到個仔，但係好多人排隊㗎，次次都係講幾句就要收線。」疫情之下，探訪安老院手續繁複，亦需要出示檢測陰性證明，師兄的家人也好久沒有去探望，只能在院舍職員的安排下以視像電話聯絡，聽得來福也心酸。「十三呀……咁多個師弟，你最有心，成日都關心我。你係醒目嘅，又搵到好工，一定要畀心機呀，等疫情完咗就去英國探下個仔同粒孫啦。」

來福怕再講「家人」觸景傷情，連忙轉移話題：「係呀，你有無聽過，疫情多咗好多人叫外賣，以為會好好搵啦，點知佢哋最近先話要罷工，我都有個朋友話好難撈呀，但係又唔知參唔參加工業行動好。」來福自然是在說外賣仔的事。

「今時今日真係咩都唔容易……講多句都難呀，我坐咗喺窗邊好耐喇，姑娘望咗過嚟幾次，要收線喇，下次再講啦。不過你唔好特登過海嚟喇，就咁電話講兩句就得啦，吓。」師兄知道來福年紀也不小。

「唔緊要，而家我都兩蚊搭車呀，下次我日頭得閒就再約你啦，如果唔係就農曆年再嚟同你拜年啦。」說罷，師兄弟二人隔着玻璃揮手道別，動作依然不敢太大，生怕會被安老院的看護撞破。

歸途上，來福憶起師兄弟們當年集宿打拼的日子，「勤練功，多收穫」是師傅的教誨，如今師兄和自己的身手都不復當年，生活也不及以往來得率直和簡單，來福不禁慨嘆唏噓。

*某月某日也許再可跟你*

*共聚重拾往事*

Song link

衛城道6號

# 20/ 勁浪漫超溫馨

二零二一年，十二月


「星期六早餐你想食咩呀？」陳太轉過頭問在看YouTube短片的陳生。

「有咩揀呀？」

「中式係粥加炒麵，西式係Pancake，另外仲有素食可以揀。」陳太看一看餐單後回答。

「一月一號好似都係星期六？Pancake啦，Pancake穩陣啲，難得食過係OK嘅。」陳生的視線沒有離開螢幕。

陳太小心翼翼在鬆餅一欄打勾：「咁我Send喇喇。」陳生點頭。


二零二二年一月七日，這是陳氏夫婦在竹篙灣隔離營的第十天。


「食飯！」門外呼的一聲，是工作人員敲打房間窗戶玻璃的聲音，陳生開始習慣隔離營工作人員這種「叫狗」一般的提醒。

「你有無唔舒服呀？今日探咗熱未？」陳太準備為自己量度體溫前先問陳生。入營的時候，工作人員有幾項叮囑，當中一項是必須每天紀錄體溫，另外一項就是餐單。餐單是一張綠色的A3紙，列出了逢星期一至日可供選擇的菜式，填妥後要把圖片訊息傳到隔離營的WhatsApp號碼。其實幾乎所有的通訊，

都是倚靠這個方法來傳遞。然而訊息傳遞雖然快，但實際行動依舊需時，陳太試過通過訊息要求紙巾，足足等了兩個小時。

「一早就可以Order晒想食啲乜，似唔似坐緊Business class？」陳生苦中作樂，博得紅顏一笑。

「開胃吖你。」陳太說完望望「房間」的窗戶。那是整個隔離營房間裡面，唯一可以與外界接觸的地方，工作人員剛剛放低的飯菜自然也在該處。醫護人員每隔幾天也會為他們「撩鼻」拿去化驗，確認接受隔離中的人有沒有受新冠感染。

陳氏伉儷至今沒有病徵，今次被送入竹篙灣，是因為「拆禮物日」到過「日月樓」食飯。日月樓在陳生他們光顧當天的早上爆發了「遠距離的傳播鏈」，波及到晚飯時間才在現場的陳氏伉儷，被告知需要進入竹篙灣隔離營。

後來他們在新聞中得悉，日月樓的感染者證實是傳染度更高的Omicron病毒，政府又再宣布一月七日起禁止餐廳在晚市提供堂食，後來更將措施延期至農曆大年初三，間接宣布「今年唔使拜年」。

「噚晚你瞓得好唔好呀？」本來一直注視電腦螢幕的陳生問。

「點會有瞓得好嘅一日呀？」陳太回答說。

衛城道6號

「噚晚咪好多人經過，好嘈嘅？我知點解喇！」陳生説罷拿着手提電腦走到陳太前。

「『人大代表生日宴，多人送往竹篙灣……』吓！唔係吖嘛！唔怪得咁嘈啦！原來有啲咁『高級』嘅人俾人送咗入嚟！」陳太讀出新聞標題，忍不住繼續追看下去。

「你估呢，啲工作人員會唔會『呼！食飯！』，同啲達官貴人呀、議員呀咁樣講嘢呢？搞到我有啲想嚟竹篙灣做啌。」陳生不常用這種諷刺的語氣説話，可見多日來他對「竹篙灣」頗有成見。

「算啦，喺香港睇醫生都係咁㗎啦。就算知道晒你年齡、性別各樣資料都好，都一定係要好兇狠咁叫你個名㗎啦，鬼叫你病咩。」陳太也附和一下。

飯菜保持一貫的水準，食不下嚥。「吃罷」午餐，陳生繼續注視電腦螢幕，突然陳太坐到身旁説：「老公，對唔住。我無諗過聖誕去食餐飯竟然會搞到咁……」語畢，眼淚奪眶而出，躲入陳生懷裡。

「傻啦，又無人知會咁嘅。」陳生邊説，邊摸着懷中陳太的後腦勺，安撫她的情緒。

「對唔住呀，係我話要去食飯，搞到連你都俾人送埋入嚟。但係好彩有你喺度咋，唔係呢度好似坐監咁，我一定已經痴咗

線。」陳太邊哭邊說。

「慘過坐監呀其實，我哋連房都無得出。」入住隔離營的人一概不被容許離開房間，生活的所有，全部都在這個鐵皮搭建的臨時房間裡。「唔……當係度蜜月囉，結婚之後都未去過旅行。」陳生感覺到太太的眼淚已經弄濕了胸襟。

「你就想呀！梗係唔可以當蜜月啦！」滿臉淚痕的陳太猛然推開陳生，說完也忍不住又哭又笑。

「哈哈哈，咁你想去邊度Honey moon吖？」陳生也欣喜見到太太破涕而笑。

「去巴黎定係峇里好呢？畀啲時間我諗下！」陳太說完，拭掉眼淚又問：「其實你喺度咁多日，睇咗咁耐個電腦，你睇緊啲咩呢？」

「煮嘢食片囉！我發現咗個日本Channel，好似好好食咁㗎，無得食都睇下嘛。」陳生又把螢幕推過去給陳太看。

「你識整嘢食咩？咁多年除咗偶爾煮個麵，你都無整過啲咩……」陳太強烈質疑陳生的烹飪技巧。

「咁我無話我整嘢好好食，不過以前喺英國讀書有自己整下囉。」陳生回答說。

「係咩……咁你識唔識整蒜頭辣椒炒意粉呀？」陳太托着頭問。

「我最擅長㗎啦～我無講過你聽，我以前曾經同過一個意大利同學一齊，佢屋企喺London開Bistro㗎咩？」陳生挺起胸膛，裝出很自豪的樣子。

衛城道6號

143

「吹水啦你，Bistro唔係法國餐廳仔咩？點會係意大利嘢呀？都唔知你邊句真邊句假！」陳太也不會去考究，在眼下這四面鐵皮的房間內，能夠笑出來已經是最大的願望了。

好不容易在隔離營熬過了隔離令，迎來「營滿」的日子。早上，醫護人員再來為二人採樣化驗，二人下午得出檢測結果陰性，便拿着當局發出、證明「服役完畢」的文件離開，乘坐小巴來到青衣的機鐵站。

「陳生陳太，返嚟喇。」晚上八點，這是看更多日以來第一次看到二人的身影。

「係呀叔叔，終於返嚟喇。」陳太率先回答：「喂！我喺竹篙灣睇到有套劇好正喋，叫《孤獨的美食家》，你有無睇過呀？」

「咁出名，梗係睇過啦！井之頭五郎吖嘛！」說到劇集，看更輕易能搭嘴。

「仲諗住推薦返畀你㗎～」陳太今天格外開朗。

「輆到喇，你返去睇下有無其他好睇嘅，下次再話我知啦！」看更說完走到電梯門前，示意陳太二人進入。陳生和看更點頭示意，感覺兩人盡在不言中。

「終於返到嚟喇……我好掛住屋企呀！」踏進家門，陳太忍不住大叫。

「我攞啲衫去洗先，你去沖個涼休息下啦。」陳生語畢，拿着髒衣服到洗衣機前，此時門鈴竟然響起。

　　「叔叔？咩事呀？」陳太開門看到拿着包裹的看更。

　　「頭先唔記得咗，係你哋嘅包裹，擺咗喺座頭幾日㗎喇。」看更把包裹遞到陳太手中：「咁我走喇，你哋休息下啦。」看更説完便轉身離開。

　　「哦……唔該晒。」陳太關上家門説：「陳生，寫你個名嘅，你買咗咩呀？」

　　「哦！到咗喇？係慢煮棒呀。」陳生在洗衣機旁喊出去。

　　「你喺入面嘅時候買㗎？哎呀！好心你啦，你有時間先算啦！」陳太感覺手中的慢煮棒，應該到保養過期依舊會原封不動。

*傻佬點形成　傻婆點形成*

Song link

衛城道6號

# 21/ 有誰共鳴

二零二二年，二月

「今日係食新鮮嘢喎！唔知廚師發辦今日係咩呢？」陳太已經坐在餐桌前，注視着即將從廚房端出晚飯的丈夫。

「今晚係Fettuccine Alfredo，配慢煮雞胸。」陳生將白汁寬條麵和已經切開排列整齊的雞胸放到飯桌上。

陳太急不及待將意粉往嘴裡送，未待食物嚥下又說：「陳生其實你仲有無同過其他國籍嘅女仔拍拖呀？遲啲開返關，我唔介意你去風流快活下，順便當係深造，例如去日本學下壽喜燒啦，或者去韓國整下醬油蟹咁，我OK㗎喎！」陳生還是第一次知道可以用這個方法來誇獎一個人的料理。

「壽喜燒我識呀，下個禮拜要唔要試下？」陳生邊說邊解開圍裙。

「咁你真係同過日本人一齊呀？」陳太突然緊張起來。

「無呀傻婆，但係睇多幾次，去舖頭食多幾次都大概可以掌握到嘅，應該⋯⋯」陳生真的在腦海裡盤算一下料理步驟的順序。

踏入二月，香港的疫情進入史無前例的高峰，二月二十二日，已經是連續四天確診數字超過六千宗。自月初起，陳生的

公司要求所有同事在家工作，至於陳太，因為不滿公司要求她以自己的年假抵償在竹篙灣隔離營未能上班的日子，選擇離職。二人的生活習慣也有很大的轉變，盡量每星期只到超級市場一次，除了採購當日和翌日，其餘日子他們都要吃雪藏的食材。陳生實在受不了太頻繁的即食麵，加上必須待家，於是便決定重出江湖，順便與自己的新法寶「如意慢煮棒」培養默契。

「死啦，咁我以前成日煮麵畀你食，你其實會唔會覺得唔好食㗎？」陳太語畢，繼續以雞胸和意粉供奉五臟廟。

「唔會呀。公仔麵奧妙之處，就係只要唔使自己煮，淨係負責食就一定好食㗎喇。」陳生説完感受到旁邊一股殺氣。

「你有無留啲畀叔叔呀？」陳太手指着雞胸肉，語氣一百八十度逆轉。

「而家趁熱拎落去～」陳生説罷便拿着預備好的食物盒出門。

除了每個星期採購食材，到樓下與看更聊天，順便交換一下煲劇情報便已經是陳生最大的娛樂。

「嘩！又係用上次嗰個包裹整㗎？咁犀利㗎咩？」來福嘗了一口慢煮雞胸後説。

「你都鍾意食我下次整多啲。係喎，大學生點呀？佢有

無搵你呀？」陳生知道大學生受感染，但近兩天也沒有在WhatsApp群組發訊息。

「佢好好多喇，今日快測已經係陰，佢有打過針，所以佢話應該測多一次係陰就叫係好返。」聽到來福這樣講，陳生也稍稍安心。「不過佢阿爸就未好返，佢阿媽呢，就因為佢哋兩父子中嘅時候無事，所以搬咗去個姨媽度住，反而得返佢兩父子喺屋企。而家辛苦啦，要照顧埋個老竇。今朝呀，先問我點樣整蒸水蛋咋嘛。」看更說。

「我估佢最辛苦嘅，係唔知同佢阿爸講咩啫。兩個人困喺間屋度，其實都可以幾痛苦。」陳生回憶起在竹篙灣的情況。

「外賣仔上次罷工之後無做外賣你知啦？」看更說。

「知，不過估唔到而家咁多人要叫外賣，都有一個平台頂唔順要執啫。如果競爭咁大，我估做送外賣會好辛苦，俾啲啲公司壓得好勁。」看更也認同陳生的分析。

「佢話好多蠱惑嘢喎，之前都講過啦，嗰啲送貨距離呀、佣金嗰啲已經煩啦。佢話最麻煩係，之前有啲送貨員個工作戶口俾人取消咗，搞到接唔到單，話可能係同上次罷工有關喎。咁佢都費事繼續喇，索性唔做。」看更將外賣仔的經歷複述一遍。

「罷工呢個都係……而家無咗一啲工會機構去統籌，又或者『無大台』係趨勢啦，總之工人權益同埋運動嚟緊都係好多變數。」陳生一臉認真，看更聽不太明白，又吃了一片雞胸。

「所以佢去咗做嗰啲化驗呀、驗檢測樣本嗰啲呀！」看更續說：「佢話唔危險㗎，因為其實都係運送啲嘢，不過由食物變咗樣本瓶咋嘛。仲有呀，佢話幾乎全部同事之前都係做餐廳、健身教練或者髮型師嘅。」看更說罷，與陳生互望一下，大家頭髮還真的有點長，只好怪政府宣布髮型屋關閉那天，排隊剪頭髮的人太多，兩人也實在沒有耐性這樣等。

　　突然二人的手機同時震動，訊息正是來自屬於四個人的WhatsApp 群組。

　　「我阿爸問『滾動民調』同『民調』有咩分別，我解釋畀佢聽，佢唔信。有無人可以解釋得好啲？在線求解答！」訊息來自在家照顧父親的大學生。

　　「嘩！乜你兩父子講啲嘢咁嚴肅？」看更立即回覆。

　　「佢話因為想研究下，睇下可唔可以喺『滾動民調』同『動態清零』搵到共通點喎……救命，點部署？」

　　「我唔係始作俑者，如果要有一個權威性，講動態兩個字點解呢，對唔住我解唔到。」這是來自外賣仔的回覆，當然也是幾個星期前新聞片段的「金句」。

　　「我會話：『我都唔識呀』，然後去扮搵，離開視線範圍之後睇下佢會唔會唔記得咗。」陳生回覆的是一條參考價值不高的「緩兵之計」。

衛城道6號

「喂！之前問過你哋要唔要安心機，我收到風下個禮拜有貨喎，你哋有興趣就話我知啦。」外賣仔説。

　　「好啦。你兩個保重呀，好返再講啦，我會好好咁照顧陳生㗎喇。」看更説罷又吃一片雞胸。

　　這時看更的手機又響起，不是訊息通知，螢幕顯示的是來電，一個陌生的電話號碼。

　　「你聽啦，我上返去喇，再講啦。」陳生與看更道別後回家，陳太已經把寬條麵和雞肉吃光。電視螢幕仍在轉播政府下午有關全民檢測和提早放暑假的消息公佈。

*無言是此刻的冷靜*

*笑問誰　肝膽照應*

Song link

衛城道6號

# 22/ 抱緊眼前人

二零二二年，三月

看更一直也很在意來自手機的通知，尤其是他上載一篇新的劇評後，會特別留意有沒有新的讚好或留言。這幾天，他仍然對手機的震動很敏感，但今次，他在等待是一個電話。

二月，香港爆發第五波疫情，就在二十二號那天，看更收到了一通，沒想到會成為畢生遺憾的電話。

「喂，師叔？我係阿廣呀。」當日來電的，是大師兄的親兒子。「阿爸……一個禮拜前安老院因為佢發燒送咗佢去醫院急症室，佢確診咗，今日……走咗喇。」

看更視大師兄為恩人，甚至有長兄為父的感覺，當日知道這個消息，晴天霹靂。

「阿廣，節哀順變……咁你哋一家點呀？師兄嘅後事，如果有嘢我可以幫手嘅，就即管開聲啦。」看更強行壓抑內心的悲慟去安慰師兄的家屬，電話掛線後，眼淚傾如雨下。

沒想到幾個月前一見，竟然是最後一次。腦海裡浮現年輕時練功學藝、後來在片場「同撈同煲」的畫面，今日師兄溘然

而去又未能見最後一面，看更耿耿於懷。

一眨眼四個星期已過，來到差不多三月底，阿廣終於來電。

「師叔……阿廣呀，阿爸嗰邊有啲棘手。因為醫院話而家香港堆積咗好多遺體，醫院係咁，殯房都係咁，而家連棺木都唔夠，所以阿爸嗰邊仲未知道幾時可以『辦事』。」阿廣的意思是連火化的日期也排不上。「另外呢……其實我本來係諗住走㗎喇，但係之前都係唔放心，而家阿爸走咗，我哋一家遲啲會去英國。所以都唔諗住用多幾十萬幫阿爸『上位』，安排到火化之後，我哋應該會撒灰……嗯，都係話聲畀你聽，等你唔好擔心。」

看更對阿廣説：「好啦，最緊要你哋屋企人OK，有決定就得。好好照顧老婆同埋阿女啦。」

「知道喇，師叔，你都要保重，身體健康。」阿廣説完邊掛線了。

看更知道，這很有可能是最後一次收到阿廣的電話。而讓看更無奈的，是他雖然待大師兄如親兄弟，在後事上卻實在不方便參與甚至給意見。錯過「最後一面」已甚難過，沒想到以後連春秋二祭，好好為師兄掃墓的機會也沒有。這個成為了看更餘生一個很大的遺憾。

衛城道6號

三月二十二日，香港的確診連續第廿五日破萬，居高不下的病例數字、時而勢在必行倒頭來又暫緩的「全民檢測」、還有突如其來加快推進的「疫苗通行證」，看更的心情與這個城市的氣氛一樣，烏雲密佈，愁雲慘霧。

一星期驟然而去，再過幾天將是四月，看更再次收到來自阿廣的來電。

「師叔，想話畀你聽，阿爸嘅事搞掂喇。」看更聽罷愣住了。

「喪禮？定係火化定咗日期呀？」雖然錯愕，但看更仍禮貌地問師姪。

「火化咗喇。之後睇下邊日可以撒灰。」阿廣說。

「哦……係呀。」看更有點無奈。

「不過火化嗰日我哋都無去，屋企有細路，都怕感染，所以都係火葬場嗰邊幫手搞晒。」阿廣一家既沒有辦喪事，也沒有出席火葬禮。

「搞掂就……搞掂就好啦。」看更感覺萬念俱灰。師姪也沒有多說些甚麼，或者礙於已經深陷人道災難的情況，遺體在醫院、急症室、公眾殮房堆積如山的情況下，阿廣也做不到甚麼。這樣去想，或者對看更來說比較容易釋懷。

想起因為確診而撒手人寰的師兄，看更身邊其實不乏其他

已經「中招」的朋友，陳生陳太便在其中，看更有情有義，知道二人不便外出，便充當送貨專員，置於二人家門外，為陳氏夫婦補給物資。可幸陳生他們病情不算嚴重，至少不至臥床不起，還有就是自己與每天出入化驗中心的外賣仔同屬高危人士，卻依然「百毒不侵」，這些零星小事已教看更老懷安慰，令他更感受到平安是福，知足常樂。

*浮沉人在世*

*快樂循環又傷心*

Song link

# 劇評：似水流年

　　阿佛年過半百，早前知道有梅姐的傳記電影，急不及待已經入場觀看，另加更多片段的導演版早前於串流平台登場，阿佛再看，覺得對角色的表達和形容更加全面，有多一番感受。

　　電影的時代背景是阿佛的黃金年代，也是香港的黃金年代，畫面自然有一定吸引力，想必裡面的情節對很多香港人來說，也是宛如昨天發生的事一樣記憶猶新。

　　阿佛看完電影，心裡藏住多年的疑問又再浮現，假若這些香港的傳奇巨星沒有離去，今天他們會做些甚麼呢？

　　在風雲色變的2019年，他們會做甚麼呢？

　　在疫情肆虐的年頭，他們會做甚麼呢？

　　在香港人生活艱苦的今日，他們會做甚麼呢？

　　生老病死，是人的必經階段，你我不無例外。然而，看着新聞報導，醫療體系崩潰，急症室堆滿遺體，當我們的城市連逝者的尊嚴、病者的介護、年長者的晚年都照顧

不好，我們的城市剩下甚麼呢？

年月過去，我們的城市有進步過嗎？前人的經驗，有好好學習嗎？

當初要接受哥哥和梅姐離開的消息，我們都花了很多力氣才勉強接受得到。但阿佛身處今天的香港，看着周遭的人和事，我會慶幸這些巨星已經離開了。這樣一來他們的名聲永遠不會被玷污，也不會有人要壓碎他們的唱片，他們永遠是不朽的傳奇。

這套電影讓觀眾重返「勤練功、多收穫」的香港，一個曾經令人嚮往的香港。如果你還未曾是這套電影的觀眾，給你一個心理準備，希望你也能夠從電影中得到鼓勵，讓你得到力量在荊棘滿途的今天生存下去。

同時阿佛也糾結，身處當代的我們，為下一代留低的會是心意還是負擔呢？

PLS CLS，你的留言是我的動力，多謝支持。

  55

 讚好　 回應　➔ 分享

 Song link

# 23/ 叮叮車

二零二二年，四月

　　窗外傳來「升Key雀」撐大喉嚨聲嘶力竭的吼叫，這邊廂陳生仍在與「長新冠咳嗽」搏鬥，畫面相映成趣。陳太遞上一杯暖水，讓陳生的喉嚨舒服一點，也為他週末加班打打氣。三月份陳生與太太同期失守受感染，雖然病情沒有持續很久，第七、八天的快測已顯示陰性，但咳嗽症狀卻苦苦纏繞了個多月。

　　「呢個即熱水機真係幾方便，仲可以過濾埋，幾好。」自從陳生在第五波疫情期間重掌廚房要務，除了「如意慢煮棒」，另外連環購入即熱水機、全自動即磨咖啡機及兩個鑄鐵鍋，全部「先斬後奏」。陳太得悉本來不太高興，但康復後如願吃到蒜頭辣椒炒意粉和壽喜燒，回味無窮，遂改行「抵壘政策」，既往不咎。

　　「辛苦你喇，星期六都OT。」仍穿着起居裝的陳太預備好送陳生出門。

　　「之前幾個月積咗好多嘢，全部人上星期先開始返公司，我想趁假期公司靜靜地，清咁一部份先，唔係之後都係辛苦。」陳生心底裡對重返辦公室也覺得興奮。而陳太與上一個東家不歡而散，但疫情嚴峻，就業市場也淡靜，陳太乾脆決定暫時待業，又報讀網上的紫微斗數和塔羅牌課程，既可探索天份，又可滿足一下自己的興趣。

「好耐無去文武廟嗰邊間茶餐廳，不如今日一齊去食吖？」陳生對太太的邀約點頭示好。

　　「啊！你今日係唔係都會坐電車？」陳生再向太太點頭。

　　走在衞城道與堅道的下坡路，跟月前幾乎死寂相比，今日熱鬧不少。陳生如常坐上往「筲箕灣」電車的上層，享受悶熱來臨前最後一點和煦。電車徐徐而行，路線不改但沿路風景已變，兩餸飯「成行成市」，空置的店舖亦比比皆是。但陳生知道經營生意最艱難的時刻還沒到臨，今天他特別珍惜這趟車程的風景。

　　下車時陳生準備好八達通，誰知付款機被布袋包裹。

　　「唔使錢呀今日，有人請搭車。」電車的司機對陳生說。

　　「咁好？咁多謝晒。」後面還有其他下車的乘客，陳生也沒有多留意布袋上寫甚麼，只見到「快樂」兩字，不以為然。

　　曬曬太陽吹吹風，成為了今天陳生加班工作的最強打氣。加班的五個小時效率其高，將之前囤積的「公共房屋規劃」推進一步之餘，也為接下來打算入標的「博物館翻新工程計劃書」展開前期工作。陳生一如以往，想運用自己的知識，貢獻一下自己的城市。

衞城道6號

「陳生，我唔提你怕你唔記得。我哋三點喺文武廟前面等啦。」還好陳太傳來WhatsApp訊息，不然陳生真的會到日落才記得自己要吃東西，看看手錶已經是兩點二十分，看來回程坐電車會趕不上。

以前的文武廟門外，總是停泊着接送旅客的大巴士，自疫情開始而來，參觀和拜祭的善信自然也很本土。離遠看見陳生，陳太微微揮手。

「你笑咩呀？」陳太奇怪陳生在笑些甚麼。

「無呀，頭先過嚟嘅時候經過PMQ，諗起個鬼故咋嘛。」陳生想起的當然是那個假的楊衢雲故事。

「PMQ有鬼故㗎咩？」陳太和陳生一邊向茶餐廳方向慢走，一邊打聽。

「哈哈，算啦，由得佢啦。啊，係喎，你知唔知點解荷李活道要叫『荷李活道』呀？」陳生反過來問。

「唔知喎。關唔關拍戲事㗎？」

「梗係唔關啦！荷李活道係以前一條好主要嘅街道，連接住中環同埋水坑口，即係Posession Point，英國人最初嚟到香港嘅地方。荷李活道呢，就因為附近種咗好多冬青樹，冬青係Holly，Wood係表達佢好多樹嘅意思，所以條路就叫Hollywood Road 荷李活道。」陳生解釋得頭頭是道。

「好似好勁咁喎！大學生話你知㗎？」一提到歷史，陳太自然想起大學生，還有外賣仔和看更他們幾個。

「我上網睇到嘅，不過都有問佢，佢話而家有幾種講法，呢個係其中一個，但係邊個係真呢，就有待研究喇。」陳生解釋説。

「見你講啲咁有用嘅情報畀我聽，不如我都講返個你聽吖？」陳太沾沾自喜，又説：「你一定唔知點解今日坐電車唔使錢啦？」

「係喎，你又知唔使錢嘅？點解呀？邊個請搭車呀？」陳生也好奇起來。

「今日係『反光男團』嘅成員生日呀！所以啲Fans搞咗個『免費坐電車應援』，係唔係好勁呢～估唔到連你都受惠，哈哈哈哈～」陳生完全錯愕。

「都……都幾犀利喎。」雖然不知道這是否算「貢獻」，但偶像男星小伙子確實比陳生更早在這城市留低「自己的印記」。

説着説着，二人到達茶餐廳。「靚仔，今日同老婆一齊嚟呀？」門口收銀的阿姐一眼就認得出陳生，陳太也禮貌打了招呼。

「你咳完未呀？」收銀阿姐也記得陳生的「長新冠」。

「未呀！嘈住我瞓咗呀！」陳太開玩笑説。

衛城道6號

「咁你今日唔好食豬扒同埋咖喱喇，食蠔仔肉鬆泡飯啦，好唔好？靚女就照舊鹹牛蛋治啦！」阿姐一錘定音。

　　如果你懂得欣賞，茶餐廳的價錢也吃得到Omakase，陳生覺得這就是他嚮往的人情味，是對他來說最忠實的應援。

*春風吹　叮叮車　你與我*
*從瀕臨拆卸老市區*

Song link

衛城道6號

# 24/ 順流逆流

二零二二年，七月

「飲杯！」

熟悉的畫面再次出現在堅道快餐店對面的便利店，陳生、華Dee、掌櫃和來福的「抗疫小隊」再次聚首一堂。今次華Dee不會再需要在途中送餐，因為今晚起他已經成為了便利店的夜班店員，成為收銀櫃檯的「話事人」。

說起來他的經歷倒是大起大落，年前欲改善收入投身外賣送餐平台，可惜好景不常，當年十一月份起罷工後，平台快遞員的待遇得不到改善，部份人更懷疑被資方秋後算賬，得不償失。疫情開始後，毫無疑問將外賣送餐平台業務的競爭帶入「戰國時代」，但平台之間的較勁後來演變成單純的縮減成本，快遞員的待遇首當其衝成為開刀對象，即使後來其中一個平台撤出香港，也不見得有所改善。

今年初香港進入第五波，也是疫情以來最嚴峻的一次，華Dee與很多其行業受影響的從業員為了生計，加入了當時最需要人力資源的「化驗」行業，他也因此認識到很多髮型師、酒保和健身教練。

但「化驗」始終是短期需要，不到半年便因為疫情漸趨穩

定又醞釀裁員潮。華Dee於是請大學生聯絡便利店的僱主，終於在七月一日成為新一代的掌櫃。但華Dee並沒有忘記自己的目標，他報讀了今年九月開課的老人護理課程，為人生第一張文憑證書努力。

「都唔係第一張，你有考會考㗎嘛！」看更開玩笑說。

「唉！嗰張咸豐年沙紙都唔知去咗邊咯。」華Dee回應說。

「咁又真呀，出嚟做嘢一年半載之後，邊個理你公開試考成點啫。」此話出自大學生倍添說服力。

「但係我覺得叫咗幾年好難改口喎，叫返你『外賣仔』，你會唔會『唔識人』先～？」看更又拿華Dee當搞笑素材。

「咁叫我唔好嗌你『來福』我都改唔到啦。」華Dee「還以顏色」，又說：「不過今次真係多謝來福，係佢鼓勵我，又幫我問咗好多人，我先決定要揀老人護理嘅。」大學生和陳生不知道故事有這一部份。

看更遂將大師兄的事向眾人說個明白，大學生更想起笑婆婆，聽得眼泛淚光。陳生見眼下幾人經過疫情後總算安然，甚至找到了人生的新目標，頓覺一絲安慰。

「係喎，咁你呢大學生？你出嚟做咗一年嘢喇喎！」沒想到看更記性不錯。

「係呀！我嚟緊八月會轉公司，有人工加，同埋叫做升咗

少少職啦!」大學生喜孜孜續道:「不過最近都考慮緊遲啲會唔會去加拿大。」對於部份畢業沒多久的年輕人來說,到外國生活依然有其吸引力。

「一年前我同陳生都傾過呢個話題,當時離開學校無幾耐,同而家做咗一年嘢比,我覺得而家自己會容易啲答到,應唔應該走。」大學生說完看着陳生,憶起年前Staycation時,在酒店套房裡陳生叫自己列出十個離開和留低在香港的原因。

「Crystal今個暑假都會嚟我公司做Intern喎,不過都唔係我嗰Team。」聽到大學生這樣說,勾起陳生的記憶,當晚Staycation最震撼的消息,莫過於知道Crystal就是大學生的女朋友。

「好啦好啦,最緊要就係個個都平安無事,飲杯啦!」看更和外賣仔仍在當值時間,舉起的雖然是無酒精啤酒,但大口灌進喉嚨還是非常痛快。

「咪住!」外賣仔突然凝重,「咁無酒精啤酒其實算唔算啤酒呢?」眾人聽到相視而笑。

「好耐無聽過啲咁無聊嘅問題。」大學生雖然這樣說,內心還是覺得這四個人應該多聚聚。

「唔好笑呀,好緊要好值得討論㗎!就好似而家下面老蘭咁,佢哋Check針紙同埋安心出行Check得好認真㗎!以前呀,好多人去食飯咪亂填資料嘅,唔知係唔得閒理定咩啦,舖頭啲人都唔會話要核對㗎嘛。而家去老蘭或者酒吧,Check到好嚴謹㗎,首先個App唔錯得,跟住對身份證同針紙個名,最

後再畀埋快測佢睇㗎！」聽他如此詳盡，似乎是外賣仔個人經驗。

「係呀，嗰日同啲同事落Bar，真係排晒隊喺度Check㗎喎。最麻煩係個快測結果。」陳生也有類似的經驗。

「其實呢……係唔係好多人用嚟用去都係嗰幾張快測相㗎呢？」大學生説完，其餘幾人互覷對方的反應。

「咁我又覺得唔係好應該喎。」看更打破沉默續説：「攞安心出行做例子吖。規矩就講咗話要用，例如去商場要掃個二維碼，咁作為良好嘅公民，唔係應該守返規矩咩？」

「但係又真係好多人去商場係唔會Scan㗎喎，我自己都見唔少。」陳生此言不虛，相信其餘幾人也遇過不少。

「咁都係因為啲人知道係執法上好困難，所以幾乎無人俾人Check所以先唔Scan啫，香港人個個都貪快，如果唔會俾人捉，幾大都唔會行行下停低啦。」外賣仔説。

「我覺得唔係會唔會俾人捉嘅問題喎，而係個規矩本身就有好多唔清晰嘅地方。例如：好多鐵路站，甚至住宅嘅出入口都係連住個商場嘅，好似將軍澳咁。假設有個人喺其中一個有連住車站出入口嘅商場俾人發現佢唔Scan安心出行，但係佢解釋話佢『去緊車站咋喎』，規矩又無話坐車要Scan安心出行，咁就立即搞到呢個規矩係執行上好容易口同鼻拗，最後都係浪費資源同埋時間。」大學生也忍不住抒發己見。

「如果真係有咁嘅情況，應該會出現返經典電影對白：『有咩你自己同個官講』，係嘛？」看更説完望向陳生。

衛城道6號

「所以人到頭來都係『唔想搞到自己』，所以有時面對一啲唔認同嘅規矩都好，都會選擇妥協囉，我估好多人喺公司都係咁㗎啦。」陳生這樣說也不無道理。

「唉！做人真係唔容易呀，連想安分守己做個盡責嘅公民都咁高難度！」華Dee說完伸了一個懶腰。

「我可唔可以分享多一件事呀？」大學生說完，大家當然示意他繼續。大學生望向便利店入口處，報紙架上賣不完的報章說：「我做咗一啲我以前好歧視嘅嘢，係我覺得一個盡責嘅公民唔會做嘅事——我講唔出邊個係政務司司長。」

「我估以前如果喺街上面，有個人俾電視台問，『知唔知邊個係政務司司長？』而嗰個受訪者答唔出，我會覺得呢個人係痴線㗎。但係我而家都係咁……」大學生有點慚愧。

「自從疫情開始，每日都係差唔多嘅新聞，跟住烏克蘭又打仗。啲新聞睇到慢慢連想知嘅意欲都無。同埋……以前睇新聞嘅地方，而家無咗呢……」陳生說完也把視線投向報紙架。

「唉，你兩個後生仔唔好咁啦。學你哋話齋，個世界咁亂，要無穿無爛已經唔容易，唔好咁辛苦，對自己咁高要求啦。」看更說完拍了大學生的肩膀。

雖然未知道甚麼時候才「清完零」，但看更經歷了這幾年，覺得平平淡淡就是最大的福氣了。

*不經意在這圈中轉到這年頭*
*只感到在這圈中經過順逆流*

Song link

衛城道6號

# 25/ 無心睡眠

二零二二年，八月


將近十二時，陳太和看更在衞城道住宅大廈的大堂。


「叔叔，你諗住個問題，然後抽三隻牌吖～」陳太在桌上洗牌。

「是但抽得㗎嘑？」看更從未玩過塔羅占卜。

「係呀，記得要諗住個問題抽。啊！不過唔好話我知你問乜。」陳太夜裡睡不着，決定請看更做白老鼠，練習一下今年修習的塔羅。

「哦，好啦⋯⋯啊，不過你副牌咁搞笑嘅？易經塔羅？又中又西都得㗎咩？」

未待看更説完，陳太插嘴道：「哎呀，你唔好理呢個住啦，要集中諗自己想問嘅問題。」


陳太把看更抽出的三張牌反轉，看更一望，果然有易經的卦象、卦名和一些圖畫在牌上。


「嗱，由我呢邊嘅左至右開始，呢三隻牌分別係『你之前嘅狀況』、『你問題嘅現狀』、最右邊就係『問題之後嘅發展』。」陳太細心地向看更解説。

「屯、小畜、蒙。即係點解呢？」看更問道。

「呢隻『屯卦』，就係之前嘅情況。你可能遇到好多煩惱或者唔順利嘅事情，你睇下隻牌，好似行緊入一個洞穴裡面咁。」陳太嘗試為看更解釋他自己抽的牌象。「不過唔使太擔心，因為呢個洞穴附近有草，草係代表生機，只要你唔執意要破洞，識得搵返原本個入口行返出嚟，其實之前你覺得困擾嘅事，係解決到嘅。」看更聽到陳太的分析為之驚訝，究竟是陳太天機算盡，還是自己太容易對號入座呢？

「咁之後兩隻呢？又係解緊啲咩呢？」看更決定再聽陳太解牌，順便探個究竟，測其虛實。

「中間係『小畜卦』。算係一隻中性得嚟，少少正面嘅牌。大意係有好多嘢唔可以急進，要慢慢嚟，逐啲逐啲咁累積，就好似牌上面呢個盤咁裝住高處流落嚟嘅水咁樣，佢就係唔可以好似瀑布咁澎湃，所以你唔可以心急。」

看更聽到陳太的解釋，連忙回話：「大師，咁最後一隻牌係乜嘢意思？求你指點迷津！」看更這樣説，一定是覺得陳太的占卜非常靈驗。

「最後一隻係『蒙卦』，有啟蒙、教導、學習嘅含意。即係話喺未來，要虛心去聽同埋學，你見唔見牌上面嗰兩個人？老師係白頭老翁、學生就係哪吒髮型嘅小朋友，即係話個老師講嘅嘢，小朋友唔係咁容易明㗎，如果有人畀意見你，你可能都覺得唔明㗎，不過忠言往往都係逆耳嘅，一定要畀心機。」聽畢陳太的解釋，看更覺得自己彷如置身年初二的車公廟，並獲高人解籤，三生有幸。

衛城道6號

「點呀點呀……你問嘅……係唔係你個劇評專頁呀？」嘗試估計抽牌人的問題，是陳太「解牌」練習的一部份。

「你……咩呀，咩專頁呀？」看更大慌，劇評專頁的事一直秘而不宣，難道今晚終於敗露？

「係嗰幾個粗神經嘅男人唔知咋嘛，我一早就估到啦！之前有一篇講《星戰》嘅劇評，竟然寫埋《帶子雄狼》落去，喂，咁老嘅戲用嚟做例子，睇嘅人唔明㗎，係唔係好似你『蒙』嗰隻牌先？仲有呀，儲Followers就要慢慢嚟，千萬唔好因為增長慢而放棄呀。」以塔羅占卜來說，陳太真的似模似樣。

「哈哈，瞞唔過你法眼㗎。係，我就係『虎鶴雙形蔡李佛』的主筆，呢一樣我百辭莫辯。不過，我真係唔係問關於個專頁嘅問題，我問嘅，係我個孫！」看更說完，打開手機的螢幕，畫面正是他和孫兒的合照，並將上年年中兒子一家移居英國的事告訴陳太。

「咁都唔使太擔心。呢幾隻牌都係唔錯嘅，我估最唔適應係讀書啫，已經慢慢累積緊、適應緊㗎喇，不過都係有時唔明老師講緊咩囉。」陳太知道看更抽牌時心裡所想的問題後，似乎又能夠呼應剛才對卦象的解釋。

「係唔係真係好牌嚟㗎？」看更疑惑，生怕陳太「報喜不報憂」。

「真㗎！你睇！有啲牌行晒雷咁、有啲就斷橋、有啲就河流缺堤咁，啱啱嗰幾隻，真係算幾好㗎。」陳太邊說，邊翻開其他牌證明自己所言非虛。

「嘟，我咩都講晒畀你聽，你要幫我保守秘密呀。」還未待陳太回答，看更續道:「不過你要話我知，煩到你咁夜唔肯瞓嘅，又係咩事呢？」薑還是老的辣。

陳生加班，陳太本來就習以為常。之所以徹夜未眠，是因為「反光男團」的演唱會，陳太是舞台發生事故當晚的入場觀眾。事隔幾日，陳太依然難以忘懷，獨自一人時，每當閉起雙眼，裝置從高處墮下並擊中台上表演者的慘劇便在腦海回放。

「我唔係好夠膽一個人喺屋企，因為一無嘢做緊，我就好容易記起當時嘅畫面。」陳太本來就是男團的歌迷，舞台發生事故令她特別難受。

「咁又真係……咁多年以嚟都好少發生呢啲事。」看更慨嘆。

「陳生已經好忙㗎喇，如果聽埋我因為呢件事而唔敢一個人留喺屋企，我怕佢會覺得我好麻煩。」陳太眼泛淚光，可見當晚事情真的有留下陰影。

「你唔好咁啦。我同你就話有秘密啫，但你呢個感受又唔應該係你同佢嘅秘密喎。你識得去為佢着想梗係好啦，但係如果你太過隱藏自己嘅感受，對佢其實都唔公平㗎，因為你都要畀機會佢去了解你，咁佢先會識得點去錫你㗎嘛。」沒想到看更對愛情也有其獨到的觀點。

衛城道6號

「咦，做咩你喺度嘅？有嘢壞咗呀？」説着説着，大廈的密碼門打開，加班回來的陳生見到太太和看更不知在聊些甚麼。

　　「無～我自願做白老鼠，試下準唔準嘛。」看更説完指着桌上的易經塔羅。

　　「哎呀，乜你都信呢啲嘢㗎咩？」陳生意外看更竟然成為太太的練習對象。

　　「哼！好準呀，你唔使旨意有嘢可以隱瞞到呀，呢個世界無秘密㗎！你好自為之啦。」陳生對看更笑而不語，唯獨陳太卻聽得出箇中的弦外之音。


　　*夜是淦着前事　全揮不去*

Song link

衛城道6號

虎鶴雙形蔡李佛
25.1 小時前

# 劇評：淺草小子

　　阿佛今次要為大家推薦一套看完之後感受很深的電影。嚴格來說，在戲院大銀幕上映過的，才可以叫「電影」，這是阿佛成長年代的金科玉律，毫無討論空間可言，但經過新冠疫情，更多「電影」在串流平台公映，甚至符合競逐奧斯卡的資格，那究竟甚麼才是電影呢？

　　這套「電影」也是講述夾在時代洪流的師徒兩人，在日本當地電視廣播和「漫才」進入熱潮之際，一個決定堅持現場的劇場表演，一個則決定離開師門，投入到電視台錄影節目的故事。情節和橋段不算很新穎，但兩位主角的經歷放諸到現在，卻依然很有共鳴，尤其是現代資訊傳遞迅速而且發達，一秒之間可以發生的事情太多，要緊貼時代，比阿佛成長的年代更困難。然而時代就是如此殘酷，難為現代的年輕人要與由電腦構築的步伐鬥，真的覺得「時代」有點太嚴格。

　　老師決定固守劇場，但後來劇場的入場觀眾少得可憐，老師也由一時無兩的風頭人物變成晚年潦倒的中年阿伯，最後當然是分道揚鑣的師徒二人再度相逢，冰釋前嫌，和

好如初。但故事的結局仍然帶着遺憾完結，至於那是老師還是徒弟的遺憾，就視乎看電影的你，到底在時代這洪流中身處哪個位置了。

PLS CLS，你的留言是我的動力，多謝支持。

 79

Song link

# 26/ 每當變幻時

二零二二年，十一月

「你哋仲有個Game喺度呀？」已經成為便利店店員四個月的外賣仔問身旁的看更和大學生。

「Del咗啦，電話無咁多位。」大學生回答説。

「我仲有喺度呀。不過你無做快餐店，跟住大學生又畢業搵到長工之後，我都無開嚟玩咯，無伴吖嘛。」看更説完望向陳生。

「我都無玩開嘅，同埋呀，2020年本來就已經得返啲阿叔玩捉精靈㗎咋。」陳生語帶譏笑。

「哈哈～所以嗰次我咪問你『先生你黃定係藍』囉！睇下又係邊位生面口嘅叔叔落嚟打塔吖嘛～」自投入社會，大學生變得比以往牙尖嘴利。

「咁你又點估到，足足兩年呀，今日大家都仲講緊『黃藍』吖！好似嗰啲專登嚟睇欖球嘅遊客咁，買晒飛，去到大球場，先知道原來自己安心出行係黃碼唔入得。」外賣仔説的是近日一位來自南非的球迷，因為「黃碼」而被拒諸門外，在球場望門輕嘆的新聞。

「咁最後佢都叫有得坐入包廂吖。」看更也有這宗新聞。

「其實都幾『事急馬行田』，好似嗰個咩金融峰會咁，感覺好似為咗方便嘅出席嘅人，就可以畀多啲『走盞』。香港人呢，提議下好似其他外國城市咁『同病毒共存』都會有人話係『共赴黃泉』。哈哈，自己做晒『紅面白面』，少啲演技都唔得。」

大學生未必明白看更説的「紅臉白臉」是以京劇的臉譜作比喻。有關當局有時候也未必體會市民的心聲。

「係囉，『國際大型活動』就搞得，香港市民就仲有社交距離措施。」陳生也忍不住插嘴，又説：「因為肺炎，感覺變化好大，真係好多公司選擇咗喺其他地方做基地。最近我經過地產舖，偷聽到啲經紀話好多外國人搬咗公司去新加坡，所以呢頭附近都多咗好多租盤。」生活在這個城市裡的人最切身感受到變化。

「咁其實又唔係淨係個營商環境變嘅，我覺得人都變咗好多，我講緊我自己都變咗好多。」雖然大家仍然叫他「大學生」，但大家也記得他其實已經是社會人了。「出嚟做嘢之前，我有好多諗法，或者覺得好多嘢都應該有更加好嘅處理方法，但係出到嚟做嘢，先Feel到其實喺公司做嘢有好掣肘，又有好多人情世故嘢。我曾經覺得呢啲辦公室政治嘅嘢唔關我事，不過只要你一日喺嗰個地方做嘢，就算你幾想置身事外都好，佢自己都會嚟搵你。」陳生聽到大學生這番話，欣喜這個「傻小子」終於成長了，卻又為他不得不面對這些事情而覺得難過。

「其實就好似早幾年，有好多人話唔去食某啲舖頭，或者唔坐某啲交通工具，到要搵食、要效率、要方便嘅時候，又有幾多人真係可以一路堅持到吖？淨係之前打針呀，都好多人因為『無打做嘢會好唔方便』而打咗啦。」外賣仔也有他的看法。

「好多人走咗就真，淨係英國都十幾萬人移民過咗去。」看更自然是惦念自己的寶貝乖孫，陳生也記得當日送機的時候，在機場見到一個很像看更的身影。雖然他之後也沒有特別去問，

但見看更很少提起乖孫，陳生自己也是心裡有數。

「你呢？你結咗婚喎，有無咩感受呀？」外賣仔記得陳生成婚已經一年。

「都係咁啦……而家買嘢會多咗個人『哦兩句』囉。最近先話我，年頭買咗啲廚具用嚟整嘢食，而家又唔用喎。嗰時成日喺屋企吖嘛，點同啫。再講，我都係唔想成日要食麵，同埋乜嘢都用氣炸鍋整啫。」陳生這幾句話一定不可以傳到太太耳邊。

「咁你整嘢原來係幾好食嘅，放假再整啦吓。你頭先講嘅嘢我會幫你保守秘密㗎喇。」看更還在回味陳生的手藝，特別是用慢煮棒做的嫩滑雞胸。

「係喎，你個Course讀成點，幾時完？」外賣仔為報讀老人護理課程，特意放棄速遞老本行來到便利店工作，轉眼也快半年。

「個課程要九個月嘅，所以要下年夏天先完，畢業之後，就可以註冊做保健員。我打算到時研究下轉行啦，同埋睇下讀唔讀多一個同長者飲食管理有關嘅課程，到時就我整嘢畀你來福食。」外賣仔借看更開了一個玩笑。

「真係好，大家都好似好有着落咁。我呢啲老人家，繼續見步行步。」看更心底裡其實很替眼前「抗疫物資小隊」的人高興。

「唔好咁講啦，有時唔使變先至係最好呀。」陳生說完拍一拍看更的肩膀。大家也因為看更一席話，回想疫情前的自己，還有那個時候的衞城道。

「咁2020年，仲有啲咩係你哋記得㗎？有無諗過如果個世界無疫情，咁頭先啲嘢係唔係就唔會發生呢？」大學生問完，眾人也陷入沉思。這幾年小隊各人周遭也確實發生了太多事，圍繞和充斥着「抗疫」，要幻想一個沒有新冠的畫面，甚是困難。

過了良久，外賣仔才說：

「我諗到喇！如果2020無疫情，咪會無咗『信政府！唔驚！』嗰條新聞片囉！」該片段畫面確實震撼，其餘各人忍不住笑了出來。

「好快呀，段新聞片就變咗嗰啲搞笑貼圖，之前仲傳話嗰幾個人中晒肺炎走咗咪呀。」不知看更的小道消息如何得來，眾人還提醒看更小心「假新聞」。

約好了之後一起在便利店看世界盃足球直播後，大家便散去了。安穩的日子才有如此「無養份」的閒話家常，沒有面紅耳赤的激烈辯論，反而有更多時間好好關心一下對方。

「其實『無聊』，有時都幾好吖。」這是陳生回家途中的心聲。

*韶華去　四季暗中追隨*

*逝去了的都已逝去*

Song link

衛城道6號

# 27/ 世事如棋

二零二二年，十二月

「喂，如果呢個時候播錯國歌咁會點呢？」本來注視着平板電腦螢幕的外賣仔，抬頭問同樣在看世界盃決賽直播的看更、陳生和大學生。

「都係要踢㗎啦……唔係咩？」看更説完也看看其餘兩人的反應。

「點錯先？係播咗另外一個國家嘅國歌，定係播咗另外一首歌先？」大學生也有留意關於香港運動員代表，十一和十二月份接連在外地比賽的新聞。

「世界盃咁大個比賽……應該唔會錯嘅……」陳生也不敢想像如果真的發生這樣的事情，是不是連美斯也會要做個手勢。

「喂，大學生，政府話要將個搜尋結果置頂，其實行唔行得通㗎？有呢啲嘢㗎咩？」看更記得大學生從事電子廣告，今天正好應該請教一下。

「做Search幾乎係最貴嘅。假設啦，你係賣薯片嘅，如果你想啲人上網搜尋『薯片』嘅時候，你個牌子喺個搜尋結果度係排最先，或者喺最當眼嘅位置出現呢，咁就要買廣告喇。」大學生將恆常向客戶講解的資訊，照辦煮碗一遍。

「可以咁㗎？咁我Search到咩，咪其實好容易俾人控制囉？」外賣仔有點如夢初醒。

「咁又唔係淨係廣告嘅，仲有你平時會睇啲咩，或者你個Account嘅資料，好似年齡、性別、興趣，呢啲基本嘢，其實

都會影響到你上網會睇到啲咩。都係嗰句啦，我Suppose你同來福個Facebook會睇到好唔同嘅內容囉。」看更聞言有點緊張，自己沒有跟大家提起過劇評專頁的事。

　　說着看着，半場比賽完結。

　　「細個睇足球小將，裡面戴志偉話要代表日本攞世界盃，我心諗，邊有可能吖？點知原來真係得㗎……」外賣仔突然有感而發。

　　「呢場係阿根廷對法國喎。」看更說。

　　「咁日本又真係打得好好嘅。」陳生也有被日本隊的熱血感動到。「不過我阿爸話，以前香港踢波都好勁㗎，喺亞洲算係好有實力㗎。」陳生其實也覺得難以置信。

　　「係呀！香港真係勁揪㗎，係九十年代開始差啲啦……以前同日本呀、南韓呀呢啲球隊嘅實力無拉開得咁遠嘅。不過唔知邊一日開始，香港隊對親其他隊都係『穩守突擊』，係實力差啲嗰隊。」看更一邊說，一邊記起張子岱的事蹟，只是年月已久，恐怕面前三位也未必認識這位港產的一代名宿，想到這裡看更不免覺得可惜。

　　「咁點解後來又唔勁嘅？」大學生幾乎是「千禧後」，只在二零零九年的香港贏得東亞運足球金牌後上網看過資料。家中亦沒有忠實球迷，所以也很難想像香港足球曾經盛極一時。

衛城道6號

「都好多原因嘅，多用外援啦，華將又唔係好努力，跟住又多咗其他娛樂，少咗人入場睇波。」看更説起來也十分感慨和唏噓。

「咁日本都係啦，人哋仲多娛樂啦，遊戲機都係日本人整嘅。人哋都有外援啦，仲要係巴西嘅隊長噃！有時唔係話有外援加盟就得嘅。仲有呀，如果講足球嘅職業聯賽，香港仲早過日本噃，問題係你個聯賽夠唔夠吸引力嘛。後來人哋進步，進步到我哋已經追唔到啫。而家日本同埋韓國係可以同歐洲球隊踢友誼賽㗎，你試下叫啲歐洲隊同香港踢？根本都唔係對手，人哋梗係唔會睬你啦，同你打，不如自己正選同後備打啦，練習效果仲好呀！」外賣仔説得中肯，不是滅自己威風。

「我都唔明，點解香港好似乜嘢都起步得慢啲咁。而家呀，就算你喺跨國企業嘅香港公司度做，個位做到數一數二咁大，當外國總公司有人嚟嘅時候，咪又係喺你上面，頂晒籠平起平坐。」大學生有點兒在抱怨。

「咁都有好多香港人可以去總公司，或者總部做嘢，擔當要職嘅。不過你問有無香港企業，可以好似而家啲外國公司喺全球各地都有影響力呢？就真係難啲。」陳生也抒發己見。

「喂，呢度得你係專業人士，咁香港以後有無機會有咁嘅大公司呢？」外賣仔問完，看更和大學生也期待陳生的答案。

「咁又好難講嘅，一日未完場，一日都仲有機會追。」陳生望望比賽的直播畫面，又説：「當然啦，你哋啱啱講嘅，複雜過場波好多啦。足球比賽嘅框架就係球例，個龍門唔會搬，唔

會移動嘅。但係現實世界嘅框架就係法例，會隨時代演進同埋改變。舉個例，以前會發小販牌，咁你一路都係想做小販，到你入好晒貨做好準備之後，突然間話唔發牌，賣嘢一定要入舖頭賣。咁樣嘅話，除非你犯法啦，否則你要繼續比賽，就要適應規例，而且規例有可能隨時改變。」

「時代就係咁殘忍，唔想被淘汰就要跟得上步伐。不過你哋班後生就辛苦啲，而家仲要同電腦 AI 鬥，點鬥呀？」看更這番話似曾相識，陳生記不起在哪兒看過。


世界盃決賽加時也分不出勝負，鬥到互射十二碼，阿根廷擊敗兩度追平比賽的對手，捧走世界盃。


「幾好吖，係完美嘅結局。打到咁老，美斯終於贏到世界盃。」看更雖然是皇馬球迷，而且有效力皇馬的球員射失十二碼，但也樂見巴塞出身的美斯捧走冠軍。

「嗱，我就最尊重老人家㗎啦，但係比賽又唔係『敬老』，落到場邊隊打得好啲就邊隊贏，唔係話老唔老嘅。」反而巴塞球迷外賣仔卻有點唱反調。

「你哋就好啦，兩個都返夜，來福仲攞埋假添。」大學生看看快將拂曉的天色，想起幾個小時後便到上班時間，特別羨慕看更和外賣仔。

衛城道6號

陳生別過幾人，獨自走上回家的上坡路。其餘幾人也戴起不知道何時才能丟棄的口罩，繼續為自己的生活和生計活着。

世界盃決賽那個晚上，衞城道依然是中環半山那條不起眼，從堅道分岔上去的小路。在回家路上，陳生繼續享受着它的平凡、恬淡。

*驟晴驟雨　人事天天變　有喜亦有悲*

 Song link

《衞城道6號》

全文完

衛城道6號

**虎鶴雙形蔡李佛**
27.1 小時前

# 劇評：般若波羅蜜，重啟人生幾多次？

　　最近日劇來了一套「重生番」，主角明顯是演技派，因為真的不能「靠樣」，但各位搜尋一下女主角的名字，便知道她是來自演藝世家，而且自己也已經有了一定個人成就，至少有拍過一套能衝出日本的電影。

　　主角在劇中因為發現自己因為累積不夠「陰德」而不能夠投胎成為人，所以決定帶着上一世的記憶重啟人生，簡單來說，假設主角第一次活到三十歲，第二次活到三十四歲，那當她第三次出生時，其實已經是六十五歲的開始。究竟主角人生重啟了多少次，有待看官們發掘，反而想與大家分享一下阿佛的個人感受。

　　阿佛經歷這幾年的疫情，從徬徨到適應、後來一波又一波爆發，只覺得人生實在太無常，以前阿佛把很多人和事看得理所當然，但你有何曾幻想過超市會買不到廁紙呢？更離奇的，是阿佛因為疫情關係認識了幾位好朋友，幾位自己從來沒有幻想過可以交心的知己。數數手指，這個希望在疫情期間為大家做「煲劇」指路明燈的專頁轉眼三年，這幾位朋友今天已經各自在其道路繼續努力，很感激命運

讓我們的生命道路在疫情這幾年可以有交叉路口。如果阿佛都可以重啟人生，我會希望再過一次同樣的生活，知足就常樂。

PLS CLS，你的留言是我的動力，多謝支持。

 101

讚好　　回應　　分享

Song link

Full Song List

# 衛城道6號

作者：凌梓維 X 身不由己夫

出版人：卓煒琳

編輯：Mia Chan

美術設計：Winny Kwok


出版：好年華生活百貨有限公司

地址：香港九龍彌敦道 721-725 號華比銀行大廈 501 室

查詢：gytradinggroup@gmail.com


印刷：嘉昱有限公司

地址：香港新蒲崗大有街 26-28 號天虹大廈 7 字樓

查詢：2328 4323


發行：一代匯集

地址：香港旺角龍駒企業大廈 10 樓 B&D 室

查詢：2783 8102


國際書號：978-988-76520-3-8

出版日期：2023 年 5 月

定價：$108 港元

Printed in Hong Kong

# 衛城道6號